Bertrand Hourcade

MARÉE BLANCHE À BIARRITZ

Du même auteur

Dictionnaire de l'anglais des métiers du tourisme, Pocket, Paris, 1995
Cours de pratique du français oral, Messeiller, Neuchâtel, 1996
Dictionnaire du Rugby, La Maison du dictionnaire, Paris, 1998
Dictionnaire des verbes français, La Maison du dictionnaire, Paris, 1998
Le Village magique, roman, Les Iles futures, Pully, 2001
Les Roses du château, nouvelles, Les Iles futures, Pully, 2004
Pratique de la conjugaison expliquée, Voxlingua, Leysin, 2006
Comment écrire une composition, Voxlingua, 2006
Explanatory Dictionary of Spanish verbs, Voxlingua, 2006
Práctica de la conjugación española, Voxlingua, 2006
Le Don du pardon, pièce de théâtre, Voxlingua, 2006
Voyage au pays des couleurs, conte, Voxlingua, 2008
Anthologie de théorie littéraire, Voxlingua, 2009
Anthologie de poésie française, Voxlingua, 2009
Marée blanche à Biarritz, roman policier, Voxlingua, 2013
Fatwa, roman policier, Bibracte, 2019
Comment étudier, BOD, Paris, 2019

© 2013, Voxlingua
Dépôt légal effectué en Suisse : 2013

© 2019 Bertrand Hourcade

Edition ; Book on Demand,
12/14 rond-point des Champs-Elysées, 75008 Paris Impression : BoD - Books on Demand, Norderstedt, Allemagne ISBN : 9782322205011
Dépôt légal : février 2020

Chapitre 1

Juan se réveilla en sursaut. Il venait de faire un horrible cauchemar. Il fuyait dans un labyrinthe un danger invisible. Le labyrinthe lui paraissait peu à peu se refermer sur lui comme une toile d'araignée sur sa prise.

Il se leva, alla boire un verre d'eau fraîche à la cuisine. Dehors, la rue blafarde était éclairée par de rares lampadaires.

Il vit, par la fenêtre, deux jeunes malfrats en train de briser une chaîne cadenassée qui retenait une grosse moto noire. Lentement, il retira de dessous son lit une mallette d'où il sortit une carabine au canon scié montée d'une lunette infrarouge. Il épaula l'arme vide et visa consciencieusement, attendant que les jeunes voyous abordent le virage du bout de la rue. Alors il appuya sur la gâchette prenant comme point de mire le cou du pilote. Un clic retentit alors que Juan souriait malicieusement : Pauvres imbéciles pensa-t-il en reposant l'arme dans sa mallette.

Il était nerveux depuis qu'un beau matin, l'ordre était venu d'exécuter un certain Martin. Il avait déjà tué deux hommes : le premier sans préméditation, en état d'auto-défense. Un facteur imprévisible avait surgi, compliquant la mission et menaçant Juan. Il avait tiré. Tout s'était passé très vite et même assez facilement à sa grande surprise.

La légitime défense l'avait en fait aidé à accomplir son geste.

Son deuxième meurtre avait été plus délicat. Il fallait éliminer un opposant. Juan avait été choisi par le groupe. Longtemps il avait médité sur la scène de *la Condition humaine* de Malraux dans laquelle le héros, penché sur la moustiquaire derrière laquelle dort sa victime, est soudain assailli de doutes au dernier moment. Lui-même avait dû faire un gros effort pour mener à bien cette mission-là. Il avait cependant fermé les yeux au moment de tirer. Mais personne ne l'avait su ni ne le saurait jamais.

Et maintenant, il en était à échafauder son troisième meurtre. Il voulait marquer cet événement d'un sceau qui en ferait un modèle du genre. Fini la légitime défense ou la peur qui oblige à fermer les yeux. Il espérait, cette fois-ci, aller au meurtre les yeux grands ouverts et agir d'une manière flamboyante. Oui, flamboyante, c'est exactement cela qu'il recherchait : agir avec style et avec classe. Il fallait y mettre la manière et il avait trouvé, il savait comment il allait procéder.

Il avait commencé à élaborer un plan et avait mentalement répété des dizaines de fois chacun des gestes qu'il devait accomplir, inventant des incidents imprévisibles à chaque étape du projet. Il s'ingéniait à les résoudre sachant très bien que la réalité ne serait jamais semblable au plan qu'il imaginait. Il avait décidé d'intégrer à son projet un élément hors-norme, un détail qui frapperait et dont on se souviendrait, celui qui allait le faire connaître et le faire respecter.

Il était certain que la manière dont il allait s'y prendre ne serait pas du goût de ses chefs s'ils savaient la façon dont il comptait procéder. Mais il ne leur dirait rien. La façon brillante dont il allait mener cette affaire en imposerait tellement que l'on en oublierait vite les risques pris pour louer le brio de l'opération.

Il était à Biarritz depuis plusieurs jours. La mission qu'il devait accomplir était d'éliminer un individu qu'il ne connaissait pas. Il ne désirait absolument pas à en savoir plus sur lui que son nom - que l'on avait prononcé à l'anglaise en prononçant bien la consonne finale de Martin - et une photo qu'on lui avait donnée pour l'identifier. Le reste était de son ressort pour mener à bien l'opération.

Après avoir observé la routine quotidienne de sa nouvelle victime, il avait décidé de la méthode à suivre pour accomplir son acte : ce serait de jour et en public, en pleine saison touristique, sur la Grande Plage de Biarritz !

Il avait écouté la météo aux nouvelles de 8 heures. Il ferait beau sur toute la côte pendant la matinée. Ce qui signifiait que son homme arriverait comme toujours à 10 heures à la plage pour en repartir à midi.

Pour tuer le temps, il sortit boire un café en lisant *Sud Ouest*. Les passants dans la rue Gambetta étaient assez rares. Il remarqua avec plaisir le ciel bleu.

Il revint dans sa chambre et ouvrit une armoire dont il tira un grand panier en osier rempli de bonbons et de sucreries. Il passa la lanière autour de son cou, positionna le panier d'une manière équilibrée et inséra le canon d'un pistolet à silencieux dans un petit orifice pratiqué dans l'angle gauche extérieur du panier. Ainsi, le pistolet était invisible. Il se regarda dans la glace sous toutes les coutures puis, satisfait, déposa le panier ainsi préparé sur une table. Plus tard, en quittant la maison, il couvrirait l'arme de friandises diverses.

A 10 heures pile, Juan enfila son maillot de bains, mit une casquette à visière blanche sur la tête et passa une serviette de plage de couleur rouge autour de ses épaules. Il sortit ainsi dans la rue. Les premiers touristes commençaient à déambuler dans les rues commerçantes.

En quelques minutes, il se trouva sur la promenade du bord de mer. Une légère brise venait du large et quelques mouettes tournoyaient dans l'air bleu. Il passa devant le casino et se dirigea vers le côté sud de la plage. Il descendit quelques marches et se trouva sur le sable fin.

Le parasol était bien là et facile à repérer dans sa couleur vert clair. Il était planté verticalement, à mi-chemin de l'eau et de la jetée. Comme il l'avait espéré, à cette heure de la matinée, il n'y avait encore que peu d'estivants sur la plage, les groupes étaient distants les uns des autres et Il n'y avait personne à moins de 50 mètres de la cible.

Juan avançait, maintenant un pas contrôlé, regardant discrètement de droite et de gauche. La visière de sa casquette masquait la majeure partie de son visage.

- Bonbons, caramels, esquimaux, chocolats !

Sa voix le surprit, un peu faible tout d'abord. Il se reprit aussitôt et lança sa phrase d'un ton plus assuré, assez fort pour paraître plausible, mais pas trop pour ne pas attirer indûment l'attention. Un garçon suivi d'une petite fille vint à lui en courant pour acheter un paquet de bonbons.

La peste soit de ces gamins se disait-il en présentant à la fillette un paquet de caramels.

Il craignait l'imprévisible et savait qu'il pouvait provenir principalement des enfants. Il observait la portion de plage devant lui en essayant de repérer d'où pourrait venir une interférence quelconque.

Il se remit en marche, en fixant toujours son attention sur le groupe le plus proche de lui. L'effet qu'il avait escompté se produisait : les gens, quand ils le remarquaient, se détournaient sans lui prêter guère plus d'attention, habitués qu'ils étaient aux vendeurs de plage occasionnels.

Il gardait son cap sur le parasol vert clair près duquel se tenait allongée sa victime. Comme tous les matins, l'homme était seul. Il venait de se baigner et resterait ainsi à bronzer un bon moment avant de repartir.

Depuis que Juan avait foulé le sable de la plage, personne n'était venu s'installer à proximité du parasol vers lequel il se dirigeait maintenant. A mesure qu'il approchait, il s'efforçait d'évaluer la situation et, étrangement, tout semblait se présenter sous les meilleurs auspices. Il ne remarquait rien d'anormal susceptible de contrarier ses projets.

Il avait déjà dû ajourner deux fois son plan alors même qu'il était tout près du but. La première fois, il se l'avouait à lui-même, il avait renoncé par peur.

Mais la deuxième fois, il avait choisi de ne pas agir car la position de l'homme qui se présentait dos à lui, allongé sur le ventre lui compliquait énormément la tâche. Pour agir facilement, il fallait que l'homme soit allongé sur le dos, lui exposant directement sa poitrine. Ainsi, il pouvait voir son visage et être sûr de ne pas se tromper de cible.

Après avoir lentement dépassé le dernier groupe avant le parasol vert clair - un jeune couple trop occupé à flirter pour le remarquer, - il marcha droit sur son homme en se forçant à ralentir. Il voyait, au-delà du parasol, un groupe de personnes qui batifolaient dans le sable, des Espagnols apparemment d'après les bribes de conversation qu'il percevait, et toujours plus loin, un couple qui prenait le soleil.

Il y avait encore une vingtaine de mètres à faire. Son coeur se mit à battre plus fort. L'homme était allongé sur le dos. Mais Juan savait qu'il pouvait se retourner au dernier moment pour changer de position.

Maintenant il n'entendait ni les cris des mouettes ni le bruit des vagues. Un lourd silence avait pris possession de lui. Il tenait sa main droite enfouie dans le panier, le doigt près de la gâchette. La gorge sèche, il n'avait d'yeux que pour la poitrine velue dont il se rapprochait.

Arrivé tout près, il dit d'une voix plus faible :
- Achetez bonbons, caramels, esquimaux, chocolats !

Il posa le genou gauche sur le sable, à moins d'un mètre du corps. L'homme ne bougeait pas, offrant son coeur au canon du pistolet. Au moment où la victime ouvrait les yeux, il tira deux fois en plein coeur. Le corps tressauta un peu sous le double impact du silencieux. Juan laissa alors glisser la serviette rouge de dessus ses épaules sur la poitrine ensanglantée du cadavre qu'elle recouvrit. Le bruit ambiant du ressac avait recouvert tout autre bruit. Il se releva aussitôt sans se presser, fit le tour du corps et continua en obliquant droit sur le casino.

L'envie le brûlait de presser le pas mais il se força à faire de longues foulées lentes. Enfin il monta les marches menant à la promenade. Là, il se retourna, faisant mine de contempler la mer mais en réalité, observant l'état d'agitation de la plage.

Ce n'est donc pas plus difficile que ça ! C'est bien ce que je pensais. Mon plan est génial ! Totalement inattendu et extrêmement simple !

Il était agité de pensées grandioses et se délectait en songeant à ce que penseraient ses supérieurs. Finalement, ne voyant rien d'anormal, il se retourna et disparut dans une petite rue montante, en sifflotant.

Chapitre 2

Bob Rossier n'en revenait pas de se trouver en ce mois d'août sur la Côte basque. Se prélasser sur des plages remplies de monde n'était pas son rêve pour passer les vacances d'été. Il n'aimait pas la foule et aurait préféré aller dans quelque endroit perdu de la côte cantabrique ou landaise. Là où il aurait pu goûter à un vrai repos qu'il pensait avoir bien mérité alors qu'il approchait de la retraite.

Sa carrière avait débuté bizarrement. Il avait fait son apprentissage durant la guerre du Golfe où, soldat, il avait découvert la vue du sang, la peur de la mort, les horreurs de la guerre. Soumis à rude épreuve dans les déserts arabes, il était revenu, à défaut de décorations, muni d'une résistance à toute épreuve.

Il avait vite compris que l'armée n'était pas l'endroit où il pourrait s'épanouir. Il quitta donc l'uniforme sans serrement de cœur spécial, regrettant tout de même l'esprit d'équipe qu'il avait pu entretenir avec quelques amis qu'il avait notés dans son carnet d'adresses.

Il avait alors essayé plusieurs métiers avant de se lancer dans l'éducation. Il était devenu proviseur de lycée et avait, à ce poste durant quelques années, subi les assauts agressifs des parents, des syndicats, des élèves, des enseignants. Il s'était alors replié sur l'enseignement proprement dit, usé qu'il était d'avoir à subir sans cesse la contradiction sournoise et la mauvaise humeur déplacée de trop de gens. Finalement, il avait tout quitté pour entamer une carrière de journaliste, plus en accord avec son tempérament de bourlingueur.

Il avait donc commencé à voyager de par le monde pour couvrir les événements en rapport avec l'actualité internationale, retrouvant de temps en temps des anciens camarades de guerre. Maintenant, qu'il approchait de la retraite, il désirait un endroit tranquille où s'établir.

C'est sa fille Solange qui avait insisté pour venir dans le Pays basque. Elle avait fait récemment la connaissance de Michel, un jeune Biarrot. Comme les choses prenaient une tournure assez sérieuse, Bob désirait rencontrer le jeune homme. Ce séjour serait la parfaite occasion de faire sa connaissance.

De plus, c'était peut-être le dernier été qu'il avait l'occasion de passer avec sa fille et il s'était décidé à faire ses valises. Solange venait d'avoir son bac et projetait des études universitaires qui allaient l'éloigner de lui.

Comme il évitait habituellement les endroits courus pour ses déplacements privés, ce voyage resterait une exception. Le moment venu, il saurait bien s'éloigner de la foule des plages et visiter l'arrière-pays basque qu'il connaissait un peu.

Allongé sur sa serviette, Bob somnolait sur le sable de la Grande Plage de Biarritz, les yeux mi-ouverts. Il avait vu le marchand de glaces, quoique assez loin encore, venir dans sa direction.

Il se tourna vers sa gauche où était allongée une belle femme en bikini. Il la connaissait depuis plusieurs années et la perspective de la retrouver au Pays basque avait joué un rôle non négligeable dans son enthousiasme à venir à Biarritz.

Il frotta doucement son pied contre la jambe de la femme en murmurant :

- Tu veux une glace, Amy ?

Celle-ci émit un petit geignement et murmura après quelques instants :

- D'accord. A la pistache.

Il se retourna et attendit que le marchand se rapproche. Ce dernier était encore assez éloigné et Bob ferma les yeux, la joue contre le sable, bercé par le bruit des vagues. Il se mit à penser aux vacances qu'il avait passées autrefois avec ses parents dans la région. A quelque distance, il pouvait entendre des voix qui parlaient espagnol.

Soudain il sentit une pression dans son dos en même temps que quelqu'un lui disait :
- Haut les mains!

Il ouvrit les yeux, tous les muscles de son corps tendus et pivota lentement. Le soleil l'éblouissait et il lui fallut plusieurs secondes avant de voir que son agresseur n'était autre qu'un jeune gamin qui manipulait un pistolet en plastique. Il saisit le jouet, regarda l'enfant droit dans les yeux et marmonna entre ses dents :
- Fiche-moi le camp d'ici !

Il lança le pistolet à toute volée. Effrayé, le gamin détala.

Bob se laissa retomber sur le sable au moment où il lui sembla entendre un léger bruit, mais un bruit si familier, sourd, comme … voyons, il se mit à chercher dans sa tête. Non, ce n'était pas possible ! Il n'y a pas d'armes sur la plage ! Il se prit à penser que l'enfant et son jouet lui avaient quelque peu fait perdre le sens des réalités.

Enervé par l'épisode du gamin avec son pistolet, il secoua la tête pour éloigner une idée fantasque qui lui traversait l'esprit et décida de se replonger dans son demi-sommeil.

Mais d'abord, il regarda tout autour de lui et ne vit rien de tant soit peu inquiétant. Puis il se tourna dans la direction du marchand de glaces qu'il avait quelque peu oublié, au moment où celui-ci se relevait après avoir servi un vacancier allongé sur le sable. A la surprise de Bob, le marchand venait de s'orienter vers la promenade et s'éloignait de lui. Bob le héla. Mais l'autre ne sembla pas l'entendre. Il ignora même un groupe de personnes qui lui faisait signe et monta l'escalier menant à la promenade où il s'arrêta un instant pour jeter un coup d'œil en arrière.

Bob se laissa retomber sur sa serviette. Il se tourna vers la femme à son côté. Apparemment, elle somnolait. Il lui mordilla légèrement le lobe de l'oreille en lui susurrant :
- Désolé trésor, la glace sera pour plus tard.

Chapitre 3

Yako Kouznetsov ouvrit l'imposante porte-fenêtre de la suite qu'il occupait au premier étage. Il s'avança sur une immense terrasse d'où l'on pouvait voir la Grande Plage.
Devant lui s'étendait à perte de vue l'océan. Il ferma les yeux et huma longuement l'air chargé d'odeur marine. Il se remémorait, plusieurs années en arrière, une visite avec ses parents qui avaient voulu faire le « pèlerinage de Biarritz », en souvenir de l'époque où toute l'intelligentsia russe se donnait rendez-vous sur la Côte basque.

En débarquant dans la Cour d'Honneur de l'Hôtel du Palais, la veille au soir, il avait repéré l'Eglise Orthodoxe Russe, sise au 8, avenue de l'Impératrice, juste de l'autre côté de la rue.

Il se souvenait d'interminables offices auxquels il avait assisté avec sa mère cependant que son père vaquait à des affaires importantes avec les exilés russes.

Il promena son regard sur la plage, étira les bras et émit un bâillement qu'il ne songea même pas à réprimer. Après tout, il était sur son balcon, à l'hôtel du Palais. Qui oserait lui faire une remarque ou même lui lancer un coup d'œil étonné ou réprobateur ?

Ses yeux fixaient maintenant un rocher dans la baie de la Grande Plage. Il se souvenait y être allé à la nage avec son père, alors que sa mère les regardait du balcon de leur chambre, peut-être de ce même balcon. Il chercha en vain à se rappeler le nom du rocher.

Comme son père, il était revenu pour affaires sur la Côte basque. Le pèlerinage à Biarritz n'était pour lui qu'une excuse, ou plutôt une couverture pour venir jusqu'ici.

Il regarda sa montre puis le ciel. Il faisait beau et cela le mit de bonne humeur. Il s'installa dans un transat et se mit à réfléchir.

Il était venu avec sa famille. Avant son départ, il avait contacté Konstantin Matzneff, un Russe résident en France que Yako connaissait de réputation et qui lui avait été recommandé par des contacts sûrs. Les deux hommes devaient se rencontrer pour la première fois ce jour même.

Un léger bruit le tira de sa rêverie et lui annonça l'arrivée de Sasha.

Avant qu'il ait eu le temps de se lever, elle enroula son bras autour de son cou. Un parfum enivrant le plongea dans un état de doux bonheur alors qu'elle déposait sur son oreille un léger baiser.

- Bonjour chérie !
- Bonjour mon amour !

Elle s'avança jusqu'à la balustrade de la terrasse. Il admira goulument son corps long et svelte, cette taille élancée que mettait parfaitement en évidence un bikini couleur peau.

Elle avait toujours le don de le surprendre, et c'est de ces surprises incessantes qu'il se nourrissait et tirait son énergie. Certes, il y avait aussi les affaires, dont il était toujours friand même si elles l'intéressaient moins à présent, mais il mettait un point d'honneur à les mener du mieux possible moins par la soif de gain ou de gloire que pour protéger et aimer Sasha et leur fils.

- Où est Oleg ?
- Il est sorti un petit moment s'amuser sur la plage.
- Seul ?
- Non, il est avec Masha.
- Mais ils ne parlent pas français !
- Ne t'inquiète pas. Ils sont tout près d'ici.

Elle se tourna vers l'océan et entreprit de retrouver la trace des deux enfants. Yako s'approcha de la balustrade et se mit aussi à scruter attentivement la plage à ses pieds.

- Regarde ! Les voilà !

Elle indiquait un point éloigné, dans la direction du casino.

- Mais ils sont très loin ! Je ne veux pas qu'ils s'éloignent ainsi. Et d'abord, où est Lana ?
- Elle est partie avec eux et ne saurait être très éloignée. Tu penses bien qu'elle ne laisserait pas sa fille sans surveillance !
- Ce n'est pas sa fille qui m'intéresse mais mon fils !

Comme elle allait répliquer, il pointa en silence sa main dans la direction des enfants.

Ces derniers parlaient à un adulte difficile à détailler de si loin. Puis, tout soudain, ils se mirent à courir en direction de l'hôtel en sautillant de joie. Une femme quitta alors l'esplanade du casino pour s'avancer à leur rencontre.

- Regarde ! Voilà Lana ! Tu vois, comme tu t'inquiètes pour peu de chose !
- Oui, tu as raison. Mais on n'a qu'un fils et je ne tiens pas à ce qu'il lui arrive quoi que ce soit.
- Mais on n'est pas à Moscou ici. On est en France, et de plus à Biarritz. Cet endroit a une réputation de grande tranquillité.

Il ronchonna pour la forme mais se dit in petto qu'elle avait raison.

- Ecoute, je dois sortir pour un rendez-vous d'affaires. Je serai de retour dans 2 heures environ. Alors, on pourra aller au Musée de la Mer pour montrer à Oleg et Masha le repas des phoques, d'accord ?
- D'accord, mais ne sois pas trop long. Et n'oublie pas que tu dois aller avec Oleg pour sa première leçon de surf cet après-midi.

Et ce disant, de son ongle effilé, elle caressa légèrement sa barbe naissante.

Chapitre 4

C'est sur la pointe Saint-Martin qu'a été érigé le phare de Biarritz. Sa tour blanche et cylindrique, haute de 44 mètres, est soutenue par un soubassement octogonal dans lequel se trouve le logement des gardiens. Elle se dresse sur la falaise, solitaire et magnifique, à l'extrémité nord de la Grande Plage.

Depuis plusieurs mois, le phare de Biarritz était occupé. En effet, la municipalité avait décidé de renforcer la place prépondérante qu'occupe déjà la ville comme référence dans les bulletins de météorologie nationale. Il fut donc décidé d'utiliser la plateforme supérieure du phare comme base météorologique.

Cet endroit qui offre une vue dégagée sur 360 degrés est un point d'observation idéal. Aussi, plusieurs appareils prenant des clichés à intervalles réguliers de divers points de la côte, et notamment du Casino, de l'Hôtel du Palais et du Rocher de la Vierge furent installés. Une caméra filmait en continu le littoral depuis la partie nord de la Grande Plage jusqu'au Rocher de la Vierge. Une autre caméra, dans un mouvement continu panoramique, balayait le sud des Landes, le Pays basque, la chaîne des Pyrénées, la côte atlantique et finissait dans les confins de la chaîne cantabrique qui disparaissait à l'horizon dans l'océan.

Armand Abbadie, l'heureux locataire de ces lieux, était le gardien du phare et le préposé au programme météorologique. A ce titre, il devait souvent vérifier le matériel installé au sommet de la tour du phare. Lorsqu'il montait l'escalier, sa mauvaise humeur s'évanouissait toujours lorsqu'il posait le pied sur la dernière marche. La vue de l'océan qui s'offrait à lui jusqu'à la ligne d'horizon lui faisait oublier la difficile ascension.

Il prenait alors une chique de tabac, faisait les différents contrôles de surveillance nécessaires sur les appareils de mesure avant de se mettre face à l'ouest, tournant superbement le dos à la terre et à la ville pour ne contempler que le grand bleu en mâchonnant imperturbablement sa chique.

Il était consciencieux et programmait son téléphone portable pour vérifier ses instruments de contrôle toutes les 15 minutes. Cela lui permettait ainsi de se perdre pendant des quarts d'heure entiers dans la contemplation de la majesté océane.

En se penchant, lorsqu'il faisait gicler sa chique par-dessus le rebord de la balustrade pour l'envoyer sur les rochers, il avait un peu le tournis en considérant les 73 mètres de dénivellation jusqu'au niveau de la mer.

Ce jour-là, Armand Abbadie montait en ronchonnant l'interminable escalier en colimaçon menant du logement des gardiens à la plateforme supérieure. Il gravissait lentement les 248 marches et s'arrêtait invariablement - selon un savant calcul - toutes les 62 marches, pour reprendre sa respiration.

Aujourd'hui, il trouvait l'ascension particulièrement difficile. Il redressa sa carrure engourdie en posant le pied sur la 248e marche avec un soupir de soulagement.

Peux pas continuer comme ça. Devraient tenir compte de la pénibilité du poste et de mon âge quand même, grommela-t-il.

Et il se mit à penser à la réforme des retraites que l'Assemblée était en train de discuter. Pour sûr, il allait faire grève cette fois-ci, non mais des fois !

Il posa sur le banc sa casquette et son sac qui contenait un casse-croûte, puis il jeta un œil sur l'Hôtel du Palais, sur le Casino et enfin sur la Grande Plage où commençaient à arriver les touristes en cette fin de matinée.

France Bleu Pays Basque avait annoncé une matinée ensoleillée avec un grain à la mi-journée. Le ciel était encore bleu jusqu'à l'horizon, mais Armand savait avec quelle vitesse le temps pouvait changer dans la région et il ne se fit pas d'illusion pour l'après-midi.

Il aimait tellement ces surveillances météorologiques qu'il espérait bien arriver à la retraite en étant toujours le locataire du phare, si toutefois le site était utilisé comme base de surveillance pendant encore trois ans. Comment mieux finir sa carrière, ainsi logé dans cette tour d'ivoire d'où l'on dominait toute la région ?

La sonnerie programmée de son portable le tira de sa rêverie et il se dirigea vers ses instruments de surveillance. Tout paraissant normal à Armand, celui-ci ouvrit son sac d'où il sortit son casse-croûte enveloppé dans du papier aluminium. Il ouvrit alors son Opinel qui ne le quittait jamais. Ainsi, il ne mordait pas dans le pain, mais en taillait un coin du bout de sa lame qu'il présentait délicatement au coin de sa bouche. Après tout, disait-il avec malice lorsqu'on le taquinait à ce sujet, c'est bien l'idée du casse-croûte que de casser la croûte avant de l'enfourner dans la bouche.

En tout cas, il avait gardé cette coutume de sa jeunesse et n'approuvait ni les coups de dents inélégants ni les goinfreries de ceux qui engouffraient leurs sandwiches dans leur bouche et ensuite tiraient dessus en serrant les dents pour en détacher une bouchée. Encore un domaine où l'éducation des nouvelles générations laissait beaucoup à désirer, pensait-il.

Il s'installa confortablement, les pieds posés sur le rebord de la balustrade, en équilibre sur les deux pieds arrière de sa chaise et dégusta son casse-croûte, en se laissant bercer par le clapotis des vagues sur les rochers en contrebas.

La matinée prenait fin et ce n'est que lorsqu'il vit le ciel se couvrir qu'Armand se rappela les prévisions météorologiques.

Au moins, aujourd'hui, ils ont vraiment vu juste dans leurs prévisions.

Il enfila son ciré car le vent commençait à souffler et mit sa casquette. Un rapide coup d'œil à la caméra filmant le littoral lui indiqua que les vacanciers étaient en train de déserter la plage.

Il se mit à battre la semelle en faisant plusieurs fois le tour de la plateforme. S'il avait une forte prédilection pour le beau temps, il aimait aussi ces moments intenses où les éléments se déchaînaient. Il avait assisté à des tempêtes somptueuses et le spectacle de l'affrontement de l'eau contre les rochers le laissait toujours pantois.

Son travail devenait alors plus facile, car le mauvais temps empêchait de voir clairement ce qui se passait et la surveillance en était grandement simplifiée jusqu'aux prochains rayons de soleil.

C'est exactement ce qu'il se disait en observant la Grande Plage avec ses jumelles. Il ne voyait plus de vacanciers sur le sable. Même les surfeurs étaient sortis de l'eau. Pourtant, il distingua quelque chose d'inhabituel sur le sable. Il concentra son attention sur ce qu'il réussit à identifier comme un corps allongé sur la plage.

Il n'avait encore jamais vu pareille chose : pour quelle raison celui-là pouvait-il rester ainsi dans le vent et les embruns ? Comme le corps ne bougeait pas, il imagina un scénario catastrophe : une crise cardiaque ou une syncope de quelque nature.

Il attendit encore quelques instants en inspectant les alentours, mais il n'y avait personne à proximité et le corps restait toujours immobile. Aussi, il appela le numéro d'urgence médicale :
- Ici le phare de Biarritz. J'appelle pour signaler une anomalie.
- Oui, je vous écoute.
- Je suis trop loin pour savoir exactement ce qui se passe. Une tempête se prépare, le littoral est désert mais j'ai repéré un corps qui ne bouge pas sur la Grande Plage. Il faudrait y passer.

- Compris. Où est-ce sur la plage ?
- Au niveau de l'escalier sud qui va du Casino à la plage.
- D'accord. On envoie une ambulance.

Chapitre 5

L'équipe médicale avait vite compris qu'elle était arrivée trop tard.

Le chef infirmier avait aussitôt appelé la police sur les lieux.

Heureusement, il n'y avait que bien peu de monde alors sur la plage. Le coup de vent avait chassé les estivants et seuls quelques rares amoureux des tempêtes déambulaient encore sur le front de mer.

Le périmètre de la scène du crime avait été sécurisé. A intervalles réguliers, on avait planté dans le sable des piquets reliés par un ruban.

La police avait pris tous ses repères et quantité de clichés avant que le corps ne soit embarqué.

Du haut de son phare, Armand Abadie avait suivi à la jumelle l'arrivée de l'ambulance. Il n'en revenait pas de la façon dont se présentaient les choses. Il semblait évident que tout ceci n'était pas le résultat d'un simple malaise. La présence de la police en était une preuve évidente.

Les policiers s'étaient maintenant attelés à l'ingrate tâche de trouver des indices. Ils avaient écumé longuement le sable avec plusieurs équipes et selon un plan clairement déterminé.

Quand tout fut fini et que les différentes équipes furent parties, les badauds investirent à leur tour la scène du crime. Armand les observait et pouvait voir leurs bras s'agiter dans toutes les directions, chacun y allant de son avis, voire de son expertise.

Jamais la plage n'avait vécu pareille agitation depuis la vague d'écume géante qui avait, le 8 novembre 2009, débordé de la Grande Plage et forcé les promeneurs à se replier de l'esplanade du Casino à l'intérieur de ce dernier.

Armand se rendait compte qu'il vivait un moment important dans l'histoire de la ville. De par son poste d'observation, il en était un témoin privilégié. Un frisson lui parcourut le dos en pensant que là, sous ses yeux, venait de s'accomplir quelque chose d'horrible.

Il se sentit en colère. Tout en débouchant une bouteille d'eau minérale, il pesta contre celui qui avait occasionné tout ce remue-ménage. Vers l'ouest, il aperçut un coin de ciel bleu qui commençait à pointer à l'horizon et cela lui fit du bien et le rasséréna.

Il était tellement absorbé par cet événement qu'il se surprit à oublier de vaquer à ses activités de routine. La sonnerie de son portable vint bien opportunément lui rappeler son devoir.

Alors qu'il finissait de prendre tous les relevés atmosphériques pour s'assurer que tout était en ordre, il se souvint soudain qu'il avait un rendez-vous médical en début d'après-midi. Il en oubliait aussi ses affaires personnelles !

Il se mit alors à descendre les marches plus vite qu'il n'aurait dû, tant il était fébrile. Il s'inquiétait vraiment de son état de distraction.

Mais aussi, qui aurait pu imaginer pareille animation, pareille effervescence dans la tranquille ville de Biarritz, bien loin de l'agitation des grandes métropoles, nichée dans sa conque, ouverte aux seuls vents d'ouest ?

Armand se délectait déjà en pensant à l'impression qu'il allait faire lorsqu'il relaterait cette histoire à ses amis du club de belote.

Dans son logement, il se fit une tasse de thé qu'il but debout, et sortit pour son rendez-vous.

Chapitre 6

Thierry était assis sur la crête de la dune. Avec des jumelles, il scrutait lentement l'océan de gauche à droite, puis de droite à gauche, en un demi-cercle complet. Les vagues venaient mourir sur le sable doré. Dans le ciel, le soleil déclinait.

De temps en temps, Thierry se retournait pour jeter un regard vers la route.

Sur la plage sauvage à ses pieds, bien peu de monde se promenait encore le long de la grève, surtout à cette heure.

Soudain, une voiture sur la route. Le temps pour Thierry d'identifier le véhicule qui envoyait des appels de phare, et il se précipite au bas de la dune. Là, il ouvre les portes d'une vieille grange. Quelques instants plus tard, la voiture tourne dans le chemin menant à la baraque. Une tête crie par la fenêtre ouverte :

- Salut, mon vieux ! Tu vois, je suis à l'heure !

Une fois la voiture rentrée, Thierry referme les portes. Il salue d'une grande accolade le gaillard qui vient de s'extirper du siège du chauffeur.

- Tout s'est bien passé ?
- Oui. Tout a été nickel.
- Personne ne t'a suivi ?
- Personne, tu peux être sûr.

A ce moment, un bruit à l'arrière du véhicule fait sursauter Thierry.

- T'affole pas. C'est rien.
- Comment ça, c'est rien ?
- C'est deux nanas que j'ai ramassées au bord de la route. Elles faisaient du stop.
- Mais t'es con ou quoi ?

Thierry avait pris André par le col et l'avait plaqué contre le mur.
- Arrête. Y a aucun problème je te dis. Ces nanas sont de passage. Elles sont anglaises. Je les ai prises parce qu'elles nous assurent une couverture parfaite. Elles savent rien, tu comprends ?

Thierry s'était un peu calmé. Vraiment, cet André, on ne savait jamais quelle connerie il allait balancer au prochain virage. Il avait le chic pour compliquer les choses les plus simples.
- Qu'est-ce qu'on va en faire ?
- On va les inviter à rester avec nous. Tu verras, elles sont sympas. Et jolies avec ça. Je vais les réveiller.

André se penche dans l'habitacle et donne un petit coup de klaxon.
- Debout mes jolies. C'est le terminus !
- Arrête ton boucan bon sang ! On ne se planque pas ici pour ensuite faire un bordel du diable.

Deux longues jambes se présentent au seuil de la porte de la voiture.
- Hello! Je m'appelle Myriam. Et vous ?

Thierry un peu surpris par la grâce de la jeune fille serre sa main en murmurant tout bas :
- Salut! Moi, c'est Thierry. Vous parlez français ?
- Oh, just a little. Mais mon amie, Jennifer, elle parle très bien.

Jennifer était encore en train de somnoler à l'arrière de la voiture. Thierry, encore sous le choc de la présence inattendue de ces deux filles ne savait trop que faire.
- Allez, les filles, venez ! On ne va pas rester ici !
- Que veux-tu faire?
- La fête bien sûr. Qu'est-ce que tu crois ?
- Arrête de charrier !

A nouveau ce sentiment de frustration aiguë envers André. Il est totalement irresponsable, pensait Thierry.

André avait débouché une canette de bière et offrait le goulot à Myriam qui se mit à rire.
- Come on baby, this is good for you ! Bois un peu, allez hop ! hop !

Il laissa un mince filet de bière couler sur les lèvres de la jeune fille, puis sur son cou qu'il se mit à lécher avidement. Myriam gloussait.
- Ecoute, tu sais qu'il faut partir d'ici, et le plus vite possible.
- Ok, je sais. Pas la peine de s'exciter. Il faut d'abord réveiller Jennifer.

Pendant qu'André se penchait dans la voiture pour secouer celle-ci, Thierry débarqua les deux sacs à dos du coffre. Chacun arborait un petit Union Jack bien visible. Il les posa contre une jeep qui était cachée derrière la grange. Myriam le regardait faire et lui souriait. Elle était mignonne, avec sa queue de cheval et ses taches de rousseur.
- Thierry, je te présente Jenny.

Une frêle silhouette aux yeux bleu clair et aux cheveux blonds se tenait devant lui. Le visage un peu hébété, les paupières papillotantes, elle se protégeait de la lumière électrique d'un geste de sa main frêle.
- Hello !
- Heu, bonjour ! Hello !

Thierry en bafouillait presque. Il avait soudain l'impression d'être à la croisée de tous les regards. Il fallait faire quelque chose pour briser ce silence presque gênant. Ce fut André qui intervint le premier.
- Maintenant que les présentations sont faites, on peut décamper.

Pendant que Thierry chargeait les sacs des filles dans la jeep, André lui demanda à voix basse :
- T'as repéré quelque chose ?

L'autre secoua la tête.
- Je crois qu'on ne trouvera plus rien. La pêche est finie.

- C'est bien ce que je pensais. Tu vois, Konstantin a raison de nous demander de rentrer.

Chapitre 7

La descente de la rue Maubec était abrupte. Sur la droite une échappée sur la cathédrale de Bayonne qui dominait la ville fit s'exclamer Solange :
- Regarde Michel ! C'est beau !

Michel qui conduisait ne fit que jeter un coup d'oeil sur la vue qui lui était familière.
- Tu sais, certains jours, quand on voit la Rhune en arrière-plan, c'est encore plus beau.

Solange était arrivée la veille au soir de Paris avec son père. Elle avait aussitôt annoncé qu'elle allait rejoindre Michel le lendemain matin. Elle voulait le revoir tout de suite et passer avec lui les premiers moments de son séjour en pays basque.

Bob avait été un peu pris de court. Mais sa fille qui était maintenant majeure, bachelière et amoureuse de surcroît l'avait rassuré en lui promettant de rentrer le jour même et surtout de ne pas s'en faire pour elle.

Michel l'avait emmenée dans des endroits merveilleux, sur une colline d'où l'on découvrait la chaîne des Pyrénées qui formait la frontière avec l'Espagne voisine, puis sur le bord de mer, tout au bout d'une digue gigantesque à l'embouchure de l'Adour où ils avaient fait des serments éternels, enfin dans la forêt landaise toute proche. Le grand calme qui régnait dans les bois et le doux bruit du vent dans les pins maritimes l'avaient captivée.

Etourdie de sons, grisée de senteurs et éblouie de lumières, Solange subissait de plein fouet le charme de cette région qu'elle découvrait à travers un guide exceptionnel, son Michel ! La grande diversité des paysages, la proximité de la mer et de la montagne, de la campagne et de la forêt l'avaient éblouie.

C'est presque à contre-coeur qu'elle avait quitté les ajoncs et les fougères de la forêt, mais elle avait obtenu l'assurance d'y revenir dès que possible.

Ils s'en retournaient vers Biarritz alors que l'après-midi tirait à sa fin. En traversant le pont Saint-Esprit de Bayonne, Michel lui dit :
- Nous entrons maintenant dans le pays basque.
- Ah bon ?
- Au sud de l'Adour commence le pays basque. C'est pourquoi on appelle Bayonne la porte du pays basque.
- Pourquoi y a-t-il tous ces drapeaux sur le pont ?

En effet, sur toute la longueur du pont, tant en aval qu'en amont, déployés sur leur hampe, des drapeaux alignés en deux rangées impressionnantes flottaient doucement au vent. Tous les pays importants du monde étaient représentés : Japon, Etats-Unis, Angleterre, Allemagne, France, Espagne, Italie, Russie, Brésil, etc.
- C'est à l'occasion des fêtes de Bayonne qui ont commencé il y a quelques jours. C'est toujours au début du mois d'août.
- Et ce drapeau vert et rouge, qu'est-ce que c'est ? Il y en a partout.
- Ca, c'est l'ikurrina, le drapeau basque.

Ce drapeau rouge et vert alternait systématiquement avec les autres et ses couleurs dominaient l'ensemble des drapeaux et donnaient le ton de la fête.
- Nous allons nous arrêter pour prendre un verre.

Michel eut bien du mal à trouver une place dans un parking le long de la rivière. La ville était en effervescence à cause des nombreuses activités culturelles et distractives organisées durant la journée et qui attiraient chaque année un grand nombre de curieux. Les rues étaient encombrées de stands et de camelots. On avançait au pas dans une foule bigarrée et éclectique. On entendait des Anglais, des Allemands et des Espagnols un peu partout.

Ils se mirent en marche vers le Grand Théâtre, imposant monument qui abritait l'hôtel de ville. Ils s'assirent à une terrasse de café.
- Tu vois ce balcon, au premier étage de l'Hôtel de ville ?

Solange se retourna et suivit des yeux la direction indiquée par Michel.
- C'est de là que, chaque année, sont déclarées ouvertes les fêtes de Bayonne.
- Qu'ont-elles donc de si particulier ces fêtes dont on parle tant ?
- Elles sont … uniques. Et en même temps, c'est le pendant des fêtes de Pampelune, de l'autre côté de la frontière.

Sur la place du Théâtre, un groupe de musiciens répétait quelques morceaux de musique sur une estrade, en vue du concert de la soirée.
- C'est ici que jouera le grand orchestre. Il y a un bal public dans toute la ville et cela dure une semaine entière.
- Ce doit être merveilleux !
- Tu aimerais venir ?
- Oh oui !
- Alors il faut venir ce soir ou demain soir qui est le dernier jour des fêtes.
- Et pourquoi pas les deux soirs ? dit Solange dans un grand sourire.

Après avoir bu un verre, ils repartirent en voiture en direction du soleil déclinant.
- Dans moins de 15 minutes on est à Biarritz.
- C'est si peu près que ça ?
- Oui, Bayonne et Biarritz sont deux villes qui se touchent. L'océan est à quelques kilomètres d'ici seulement. On va arriver à temps pour assister à un magnifique coucher de soleil sur l'océan.

Solange s'était rapprochée de Michel dont elle entourait autour de ses doigts une mèche rebelle.
- Tout ce que tu me montres est magnifique dit Solange en se lovant contre Michel qui dut se forcer pour garder le contrôle de son véhicule.

Chapitre 8

La jeep suivait une piste dans la forêt. Les troncs de pins formaient comme une muraille. Cette impression d'obstacle était renforcée par la fin du jour qui projetait ses dernières lueurs.
À l'arrière, André et Myriam se serraient l'un contre l'autre. Ils batifolaient, en pleine insouciance. Thierry était au volant et les observait de temps en temps dans le rétroviseur.
- Votre ami aime bien la vie, n'est-ce pas ?
La voix de Jennifer le tira de sa rêverie. Il l'avait presque oubliée, assise à l'avant près de lui, tellement discrète qu'elle passait presque inaperçue.
- Ça c'est sûr. Mais Myriam aussi il me semble.
- Ah, oui alors ! Depuis que je la connais, elle a toujours voulu manger la vie à pleines dents.
- Et vous ?
- Moi ? Je m'efforce de rester lucide.
- Ce n'est pas toujours facile.
À ce moment-là, la jeep fit une embardée pour éviter une énorme racine en travers du chemin.
- Eh, doucement ! On est secoués ici derrière.
André n'en manquait pas une pour faire l'intéressant. Thierry reprit :
- Que faites-vous dans la région ?
- Nous ? On va aux fêtes de Bayonne.
- Ah, je comprends. Vous êtes en vacances.
- Oui, c'est ça. On va rejoindre des amis à Bayonne.
- Vous risquez de manquer les fêtes. Demain, c'est dimanche, le dernier jour des festivités.
La voix d'André coupa leur tête à tête :
- Thierry, on s'arrête par ici, OK ?

- Mais pourquoi ici ? Il n'y a rien.
- Pour un petit tour sur la plage, voilà. On va faire trempette.

Thierry réfléchissait. Un arrêt ici ne compromettait rien, c'est sûr, mais était-ce sage ?
- Allez, arrête-toi bon sang !

Thierry vira brusquement à gauche et se mit à rouler entre les arbres. Il se dirigeait droit vers la dune que l'on apercevait.
- OK, on y va. Mais je veux garder la jeep près de nous. On va rouler jusqu'à l'eau.
- Excellente idée, vieux frère.

Thierry était aussi prévoyant qu'André était insouciant. Avec la jeep près d'eux, ils pourraient filer tout de suite et de plus, on ne pourrait rien leur dérober.

Le temps de repérer l'accès le plus facile, là où la dune est aplanie par le passage des vacanciers, et la jeep, avec ses quatre roues motrices, se lança à l'assaut de la crête, puis elle dévala vers la plage.

Thierry s'arrêta à une vingtaine de mètres de l'eau. Il sauta le premier à terre, prit ses jumelles et se dirigea vers la dune en lançant :
- Je reviens dans quelques minutes.

Jennifer demanda à André :
- Mais où va-t-il ?
- C'est un amoureux de la nature. Il adore regarder l'océan, pendant des heures parfois. En fait, c'est un romantique !

Il appuya sa dernière phrase d'un coup d'œil en direction de Jennifer.

Du haut de la dune, Thierry se mit à inspecter l'océan à l'aide de ses jumelles. On voyait encore l'eau. Le soleil, proche de la ligne d'horizon, envoyait de magnifiques clartés dans le ciel et sur la surface océane.

Finalement, après un long moment, il redescendit auprès de la jeep. Les autres s'étaient mis en maillot. André était tout excité.
- Dépêchez-vous un peu les amoureux ! Allez, un peu de mouvement, que diable !

Ce genre de plaisanterie innocente pesait à Thierry. Il aurait massacré André en ce moment. Il jeta un regard furtif à Jennifer qui semblait aussi gênée que lui.
- Je n'ai pas envie de me baigner, dit-elle. Mais si vous voulez, on peut faire une promenade sur le sable.
- Bonne idée dit Thierry qui connaissait bien l'océan et savait que la baignade ne serait pas des plus agréables à cause de la houle.
- Votre amie nage bien ?
- Je crois que oui.
- Je demande parce que dans cette région, l'océan peut être dangereux. Beaucoup de vacanciers croient que bien nager dans une piscine suffit pour se baigner dans l'océan. Mais il y a parfois de forts courants et les vagues fatiguent vite les nageurs amateurs.

L'horizon n'était plus éclairé que par une faible lueur rougeâtre. De magnifiques vagues harmonieuses venaient éclater à quelques mètres du bord.

Myriam passait devant eux. Elle portait un bikini qui montrait une cambrure de reins parfaite, des jambes galbées à souhait. Thierry ne put s'empêcher de la regarder.

André prit Myriam par la main.
- Youpi! On va se baigner. Come on Myriam, let's go !
- Vous la trouvez belle ? reprit Jennifer.
- Heu, oui, elle est pas mal.

Thierry aurait voulu dire autre chose. Il se retourna vers Jennifer qui le regardait bien en face. Des mèches blondes frémissaient doucement autour de son visage pâle dans la clarté crépusculaire.
- Allons-y ! dit-elle, en lançant ses chaussures dans la jeep.

André et Myriam étaient maintenant dans l'eau et Thierry et Jennifer entendaient leurs cris de joie.
- Pas la peine de s'inquiéter pour eux.

Le sable était fin et doux et procurait une agréable sensation sous la plante des pieds. Ils regardèrent encore une fois vers la plage où les points noirs des deux têtes des nageurs leur apparurent entre deux vagues, comme deux bouchons à la surface de l'eau.
- On les voit à peine. Ils sont là-bas, au creux de cette vague.

A mesure qu'ils s'éloignaient de la jeep, la lumière du soleil couchant se faisait plus faible.

Le silence s'installait entre eux, un silence un peu tendu, comme des prémices à d'importantes révélations.
- Thierry, que faites-vous dans la vie ?
- Je suis étudiant à l'université et pendant l'été je fais des petits boulots. Et vous ?
- Moi, j'ai commencé à travailler à Londres cette année. Je suis enseignante de français dans une école.
- Ah ! Je comprends pourquoi vous parlez si bien notre langue.
- Vous savez, j'adore la France et les Français.

Ils s'étaient rapprochés insensiblement l'un de l'autre.

Thierry était très tendu. Cette belle fille, là, si près, dans un cadre aussi romantique. Il avait de la peine à rassembler ses pensées.
- A penny for your thoughts ! dit soudain Jennifer. A quoi pensez-vous ?
- Je pensais à vous qui travaillez dans une grande ville et moi qui viens de la forêt.
- De la forêt ?
- Oui, je suis originaire de la forêt des Landes.
- C'est un endroit magnifique. Vous avez de la chance de vivre dans un endroit pareil.
- Oui, j'en suis très heureux. Même si je n'y suis plus en permanence, car je dois aller aux cours de la fac. Mais

je reste à Bordeaux le moins possible pour revenir par ici. Vous avez une vie bien différente de la mienne.
- Oui, c'est vrai.

Il était tout proche d'elle. Il ne pouvait plus discerner ses yeux, seulement son corps à quelques centimètres du sien.

Au moment où il allait toucher son bras, un cri déchira la nuit.

Chapitre 9

Ils nageaient côte à côte depuis plusieurs minutes, en parallèle à la côte. Myriam qui ne connaissait pas l'océan et la force de ses vagues commençait à se fatiguer.
- André, the water is cold. Je veux sortir. Tu viens ?

L'eau n'était pas très chaude, en effet. Pourtant André se délectait dans le tourbillon des vagues, toujours à lutter contre les rouleaux qui les chahutaient sans cesse. C'était un vrai plaisir que de s'immerger ainsi et de tout oublier. Tout, c'était beaucoup dire, car il y avait cette Myriam qui lui avait tapé dans l'oeil au premier abord.
- Déjà ? On vient juste d'arriver !
- Oui, mais j'ai froid. Moi, je sors.

En quelques brasses, elle s'éloigna d'André en direction de la plage. André l'imita presque à contre-coeur.
- André, je n'avance plus !

Myriam subissait la marée descendante et s'agitait en vain. Le courant la tirait vers le large.
- Fais comme moi. Regarde et attends les grosses vagues.

Et il se mit à flotter tout près d'elle. Elle arrêta de nager et se mit aussi en attente.
- Tu es sûr qu'on va y arriver ?
- Oui, mais pas à n'importe quel moment. Maintenant, c'est trop difficile. Les vagues sont trop faibles pour te porter et le ressac est trop fort.

Une série de grandes vagues arrivait invariablement. Il suffisait d'attendre. André regardait vers le large tout en surveillant Myriam qui montrait des signes de fatigue.
- Après cette vague, on prend la suivante.

En effet, un énorme rouleau se profilait déjà à une vingtaine de mètres d'eux.

- Ne nage pas! Mets-toi seulement en position allongée sur le ventre, les bras tendus en avant et fais battre tes pieds. Regarde, comme moi.

En bonne élève, elle eut à peine le temps de se mettre en position qu'elle se sentit soulevée et projetée en avant de plusieurs mètres. La plage était soudain beaucoup plus proche, mais encore trop loin pour prendre pied.
- Attends la prochaine ! Ne te fatigue pas !

Une angoisse sourde la tenaillait pourtant. Le ressac la ramenait un peu en arrière.
- Mets-toi en position !

Encore une fois, la vague la projeta en avant. Enfin son pied rencontra le sable. Elle voulut se mettre debout, mais déjà le ressac la tirait en arrière dans un tourbillon d'écume blanche. Elle entendait la voix d'André qui la prévenait :
- Prends cette vague, c'est la bonne.

La vague éclata avant de la rejoindre et au lieu d'être projetée en avant, elle se sentit virevolter dans tous les sens, pieds par-dessus, tête en bas, dans un grondement d'eau interminable. Elle ne pouvait plus respirer, mais elle sentait son corps racler le sable et redescendre vers les profondeurs marines. Soudain elle eut peur. Elle ouvrit la bouche dans un mouvement de panique, avala une gorgée d'eau et se mit aussitôt à toussoter et à paniquer.

A ce moment-là, elle se sentit happée par une poigne de fer, soulevée hors de l'élément liquide, emportée comme un fétu de paille.
- Ça va ?

André l'avait saisie dans ses bras et tirée hors de l'eau. Il l'avait sauvée ! André qui la tenait serrée contre ses bras, André contre la poitrine duquel elle appuya sa tête dans un abandon total.
- Oh, thank you ! Thank you !

Quand elle rouvrit les yeux, elle était allongée sur une natte de plage. André lui présentait un petit verre.
- Bois. C'est bon.

Elle porta le verre à ses lèvres et le liquide lui brûla l'intérieur de la gorge et la fit tousser plusieurs fois.
- Allez ! Finis le verre !
- Mais, qu'est-ce que c'est ? C'est très fort !
- C'est de l'Armagnac, une boisson de la région. C'est la liqueur des Mousquetaires. Tu connais D'Artagnan et ses amis ?

Elle se sentait dériver dans un monde délicieux, occasionné à la fois par la mésaventure qui venait de lui arriver, par cette boisson si âpre et si réconfortante et par ce Français si drôle, si plein de vie, si attirant.

Elle le regarda ranger la bouteille dans le véhicule. Il était beau garçon, elle ne pouvait nier cela. Elle ne connaissait pas les Français mais en avait beaucoup entendu parler par Jennifer qui vantait tant leur charme et leur panache.
- André !
- Oui ?

Il la regardait, silencieuse et tournée vers lui. Il s'approcha et sans un mot, s'agenouilla près d'elle en prenant sa main dans la sienne.
- Tu vas mieux ?
- Oui. Merci.

Elle se blottit contre lui.
- Tu m'as sauvé la vie.

Elle se souleva, mit ses deux mains sur les épaules d'André et l'embrassa sur la joue.
- Tu es mon mousquetaire !

Il la recoucha sur le dos, s'allongea à ses côtés et se mit à caresser ses cheveux et son visage d'une manière si tendre qu'elle ferma les yeux.

C'est à ce moment qu'ils entendirent un cri déchirer la nuit.

Chapitre 10

Michel ferma la porte de l'appartement à clé et enveloppa Solange de ses bras. Leurs bouches se trouvèrent aussitôt alors que leurs mains fébriles exploraient leurs corps frémissants. Le désir était d'autant plus grand qu'ils avaient réfréné leur attirance pendant toute la journée passée ensemble à l'extérieur.

Michel glissa une main sous le chemisier de Solange. Sa peau était douce et tiède. Alors qu'elle fermait les yeux en respirant plus fort, elle soupira :
- Ah, Michel ! Tu m'as tant manqué !

A son tour, elle déboutonnait se chemise. Elle fit courir son doigt le long de sa colonne vertébrale. Il grogna. Il souriait dans la pénombre et ses yeux luisaient. Lentement, il la caressa, passant sa main sur sa hanche, puis glissant vers le nombril où il s'arrêta un instant, en fit une brève inspection puis descendit droit vers la touffe de tous les désirs. Elle avait fermé les yeux et geignait doucement, se laissant entraîner vers lui. Il caressa la toison soyeuse, restant pudiquement à son pourtour, alors que ses doigts s'enroulaient autour de mèches folles.
- Viens !

Michel jeta un coup d'œil sur le boulevard en contrebas et ferma la croisée. Solange s'était maintenant allongée d'une manière alanguie sur le lit. La courbe sinueuse de sa hanche, de son dos attiraient les doigts de Michel, dont l'haleine se fit plus rapide. Il commença à plonger dans un monde de sensations où le réel se fondait dans le merveilleux, où plus rien n'importait que le moment présent, ce moment si riche de promesses, d'impulsions, de désirs.

Solange sentait grandir en elle le désir, mais elle voulait contrôler ce moment et le faire durer. Elle se lova contre

Michel, alors que sa main s'attardait sur sa poitrine forte et velue. Elle caressait ses muscles en murmurant des mots doux. Elle se hissa sur lui et, pesant de tout son poids, resta sans bouger, profitant de cet instant où elle éprouvait ce qu'elle imaginait être un peu le sentiment de domination masculine.

Michel s'était endormi à son côté. Ils étaient couchés sur le lit qui faisait face à une grande baie vitrée, d'où l'on pouvait voir l'immensité sombre de l'océan que le phare de Biarritz balayait à intervalles réguliers, toutes les 8 secondes, puis toutes les 3, et ainsi inlassablement.

Solange adorait le plateau de l'Atalaya où se trouvait la demeure de Michel. C'était à la fois en plein coeur de Biarritz et en bordure de l'océan. Les petites allées de tamaris l'avaient tout de suite conquise. Et toujours cette brise enivrante, cet appel du grand large.

Elle se sentait si loin de Paris, de la vie qu'elle y menait depuis plusieurs années. Ici, tout était si différent.

Michel remua et s'assit sur le lit.
- Mais, je me suis endormi ! Je n'arrive pas à le croire.
- Tu étais si fatigué !
- Je me sens bien mieux maintenant. Alors, que veux-tu faire ce soir ? On pourrait aller aux fêtes de Bayonne ?

Solange hésita un moment avant de répondre :
- D'accord, mais j'aimerais d'abord me promener en bordure de l'océan avec toi à la plage des Basques.
- C'est une bonne idée. J'y connais un excellent restaurant. On va y rencontrer des copains. Tu verras, ce sera bien. Nous irons aux fêtes de Bayonne ensuite. C'est samedi soir et il y aura énormément de gens, Donc, si on arrive un peu tard, c'est mieux.

Il se leva et ajouta :
- Nous devrons nous habiller en festayre.
- De quoi ?
- De festayre, tu sais, ceux qui vont faire la fête.

Une fois dans la rue, ils furent surpris de la cohue. Nuit et jour, tout l'été, Biarritz regorgeait de monde. Au troisième étage, dans l'appartement, on pouvait s'isoler complètement de la foule et se croire sur une île déserte. Mais quand on redescendait au niveau de la rue, le choc était rude.
- Qui vient à ces fêtes de Bayonne ?
- Toute la région d'abord. Mais il y a aussi beaucoup de vacanciers et d'étrangers qui passent leurs vacances par ici pour pouvoir participer à ces fêtes. Ils sont attirés parce que tout se passe dans la rue. Il fait beau, il fait chaud, les gens sont très expansifs ici. Ils aiment faire la fête toute l'année, et spécialement l'été.
- C'est donc comme les fêtes de Pampelune ?
- Tu les connais ?
- Juste de réputation et par les livres de Hemingway.

Pendant les fêtes, Bayonne devient le clitoris de la France.

Solange se mit à pouffer devant l'image colorée de Michel. Elle lui poussa le coude :
- Tu exagères un peu quand même, non ?
- Peut-être pas tant que ça. Tu sais, c'est une expression connue. Je n'en suis pas l'inventeur.

Ils se mirent à s'esclaffer alors qu'ils atteignaient le trottoir en bordure de mer. Ils pouvaient voir, dans les derniers reflets du jour, le golfe de Gascogne rutiler déjà de lumières le long de la côte. On voyait les zones lumineuses des villes côtières jusqu'en Espagne. La forme sombre d'une montagne intrigua Solange :
- C'est quoi cette montagne ?
- C'est le Jaizkibel, juste de l'autre côté de la frontière.
- Tu sais à quoi elle me fait penser ?
- Heu, non.
- Au Vésuve dans la baie de Naples. Elle en a la forme.
- Ah oui, tu as raison. Elle lui ressemble un petit peu. Je n'y avais jamais pensé.

Dans l'eau, quelques formes noires attestaient de la présence de surfeurs. Solange était fascinée par la vie nocturne en bordure de l'océan. Quel changement avec Paris !

Chapitre 11

Konstantin arriva quelques minutes en retard. Il était très agité et serra rapidement la main de celui qui l'attendait sur un banc public, dans un petit square empli de tamaris.

Quelques enfants surveillés par leurs mères jouaient dans un bac de sable. On entendait le bruit régulier des vagues qui venaient se briser sur la plage de sable fin, en contrebas.

- Belle vue ! signala l'homme en montrant le soleil couchant qui illuminait la chaîne cantabrique là où elle semblait plonger dans le Golfe de Gascogne.

Konstantin émit un grognement pour toute réponse. Il n'avait pas le cœur à commenter le panorama.

- Vous savez pourquoi je vous ai convoqué ?
- Je le devine. Ne serait-ce pas en rapport avec … la Grande Plage de Biarritz ?

Konstantin hocha la tête.

- Etes-vous content du résultat ? continua son interlocuteur.
- Il y a le résultat, mais il y a aussi la manière. Le résultat ne compte pas si la manière est mauvaise.
- Que voulez-vous dire ? Vous n'êtes pas satisfait ? Vous m'étonnez !
- On peut voir les choses comme vous, si l'on ne connaît pas tous les aspects de l'affaire.
- Il baissa le ton et ils se rapprochèrent. La discussion prit le tour d'un dialogue feutré, à voix basse.
- Les choses vont très mal.
- Très mal ?
- Le travail est à reprendre.
- A reprendre ? Mais le contrat a été rempli, pour ce que je sais.

- Vous ne savez pas tout.

Et d'un ton encore plus bas :
- Le travail a été mal fait. Et tout cela par la folie d'un individu qui se croit au-dessus du commun des mortels.

L'autre attendit. Konstantin continuait.
- Il a exagéré cette fois-ci. Il a toujours été un peu fantasque et j'ai souvent fermé les yeux. Mais cette fois-ci, je ne peux plus.
- Dites-moi tout !
- Il a ignoré les consignes les plus élémentaires de prudence. Et il a été négligent.
- Négligent ?
- Oui. Il s'est découvert. La police va le cueillir très vite.
- Mais comment cela ?
- Savez-vous que la Grande Plage est filmée en continu par les caméras de la météorologie nationale ?
- Crénom ! Je n'y avais pas pensé ! Mais tout de même, vous ne pensez pas que …
- Je pense qu'il y a une possibilité que tout ait pu être filmé. Et si c'est le cas, Juan est pris, et peut-être toute la filière avec.

L'autre se gratta la tête.

La mission qu'il avait à accomplir est du genre qu'on mène à bien dans un coin de rue mal éclairée ou au fond d'une impasse discrète. Et non sous les feux de la rampe, en plein éclairage médiatique. Vous comprenez maintenant pourquoi je dis que le résultat sans la manière ne vaut rien. Et dans ce cas, ce qui a été fait est pire que l'inaction.

Il jeta un regard circulaire et continua :
- La police va chercher à mettre la main sur les films météorologiques. On doit l'en empêcher. Je vous charge de cette mission. Qui que vous utilisiez pour effectuer cette mission, il faut quelqu'un de sûr et prêt à tout.
- Ce serait pour quand ?

- Cette nuit. Je sais que la police n'est pas encore allée au phare. Nous pouvons donc la précéder. Mais il faut agir tout de suite. De votre résultat dépendent beaucoup de choses. J'attends de vos nouvelles.

Ils se levèrent ensemble et quittèrent le square, chacun d'un côté différent.

Chapitre 12

En entendant le cri, André se relève d'un bond.
- Ne bouge pas ! Reste là ! Ne t'éloigne pas de la jeep !

Il se met à courir vers la voiture. De sous son siège, il tire une sacoche qu'il ouvre fébrilement. Il farfouille à l'intérieur parmi plusieurs liasses de billets entreposées pêle-mêle. Enfin, le contact froid de l'acier sur sa main le rassure. Il saisit le pistolet, passe la sacoche autour de son épaule et se glisse dans la nuit.

En longeant le bord de l'eau, il part à grandes foulées dans la direction du cri.

Il s'arrête soudain et se met à plat ventre. Quelqu'un vient vers lui. Il serre la crosse et scrute la clarté diffuse de la nuit. Il entend maintenant plusieurs bruits de pas clapoter dans l'eau et se rapprocher.

Sa gorge se noue. Enfin, il voit deux silhouettes arriver à son niveau.
- Thierry !

Il a reconnu son ami suivi de Jenny. Il se montre enfin. Thierry accourt vers lui.
- Qu'est-ce qui se passe ?
- Je ne sais pas. J'ai entendu un grand cri et je suis venu pour voir.
- Je croyais que vous aviez des problèmes.
- Et moi, je croyais que c'est vous qui en aviez.

Thierry s'inquiète.
- Cela ne me plaît pas du tout. Retournons à la jeep et filons d'ici.

Tous trois reprennent leur course en avant. Jenny demande en haletant :
- Où est Myriam ? Is she all right ?

Myriam ! André se reprend à penser à elle. Etait-ce bien sage de la quitter, de la laisser seule sur la plage ?
Un autre cri parvient jusqu'à eux.
- Ça vient de la voiture !
André et Thierry se précipitent dans la direction d'où vient le cri. Enfin la forme de la jeep apparaît. Au même moment, une gerbe de feu embrase le véhicule.
- Les salauds ! Ils ont mis le feu à la jeep !
Les deux jeunes gens s'arrêtent figés sur place.
- Il faut récupérer la …
Thierry veut se précipiter mais André parvient à le retenir.
- Ne bouge pas ! Regarde !
Il lui montre la sacoche qu'il tient en bandoulière. Jenny qui les rejoint à ce moment-là hurle de panique :
- Where is Myriam ? Where is she ?
André se précipite où il avait laissé Myriam. Seule la natte de plage gît sur le sable, toute piétinée et froissée.
- Myriam ! Myriam !
Après quelques fouilles dans les parages de la jeep, il s'avère bientôt que la jeune fille a disparu.
Jennifer ne comprend pas ce qui arrive, pétrifiée par un cri lugubre qui déchire la nuit à intervalles réguliers.
- Il faut partir d'ici. C'est dangereux.
Les deux hommes prennent la direction du nord. Jennifer leur emboîte automatiquement le pas. Elle demande encore :
- Mais qui sont ces gens ? Qu'est-ce qu'ils nous veulent ?
- Ché pas, mais en tous cas, ils cherchent à nous faire peur. Il ne faut pas s'affoler !
A peine marchent-ils depuis quelques minutes qu'une explosion se fait entendre. Un choc violent dans la poitrine, un bruit assourdissant, une gerbe de flammes qui illumine la nuit.
- La jeep a explosé !

Sidérés, les trois fuyards contemplent le feu qui jette de lugubres lueurs sur le sable.
- Tu te rends compte ! Avec ce ramdam, tous les flics de la région vont débarquer ici. On va se faire repérer.
- Ouais, faut se tirer. Mais on a quand même le temps. Ils ne vont pas arriver avant le lever du soleil.
- Ya pas que les flics. Ya aussi ces enfoirés qui ont bousillé notre jeep.
- Ils n'ont qu'à approcher un peu !

Et il se met à agiter le pistolet dans sa main.
- Range ça, tu veux ?

André s'exécute à contre cœur.
- S'ils ne savent pas que nous sommes armés, on peut profiter de la surprise et leur faire beaucoup plus de mal.
- Mais qui sont-ils ?
- Sans doute un groupe de voyous, une bande de malfrats locaux qui n'acceptent pas les intrus sur le territoire qu'ils contrôlent.
- Partons maintenant !
- Partir ? Mais où ? Myriam est ici. Moi, je reste !

Et Jennifer s'effondre sur le sable, en sanglots.

A leur gauche, l'océan continue impassiblement à broyer ses rouleaux sur la plage.

Thierry s'accroupit près d'elle.
- Écoute, on ne fuit pas. On se cache un moment. Ici, on est trop exposés, c'est dangereux. Il faut qu'on réfléchisse. On ne fait rien jusqu'à l'aube.

Il la prend par les épaules et l'aide à se lever.

Après un dernier regard en arrière vers la jeep qui se consume lentement, le groupe reprend sa marche vers le nord.

Chapitre 13

Il leur fallut presque trente minutes pour arriver à Bayonne, tant la circulation était dense. Michel gara sa voiture assez loin car il savait que toutes les voies d'accès au centre ville seraient bloquées à la circulation.

Des groupes de jeunes gens passaient en chantant à tue-tête. Ils étaient vêtus de chemises et de pantalons blancs, avec une grande écharpe rouge attachée autour de la taille. Presque tous portaient un béret rouge. Certains avaient même un foulard rouge noué autour du cou.

Solange trouvait tout cela charmant et Michel l'arrêta devant un marchand ambulant.

- Tu veux quelque chose ?

Elle choisit un béret rouge et une ceinture rouge alors que Michel prenait un foulard rouge. Avec leurs chemises et leurs pantalons blancs, ils passaient totalement inaperçus dans la foule bigarrée qui s'épaississait de plus en plus.

- Nous voilà prêts pour la fête !

Solange n'avait jamais été aussi heureuse. Elle marchait dans les rues au bras de Michel, s'émerveillait à n'en plus finir, n'avait pas assez d'yeux pour tout voir et riait de bonheur.

Dans les petites rues bondées de monde, on ne pouvait pas marcher vite. La foule poussait dans un sens ou dans l'autre et l'on se sentait souvent entraîné dans une direction contraire à son désir.

Certes, Michel lui avait indiqué un lieu de rendez-vous au cas où ils seraient séparés. « Sous la statue du Cardinal Lavigerie » lui avait-il dit. Mais elle n'aimait pas envisager cette solution.

C'est pourquoi elle s'arrimait au bras de Michel. Elle ne voulait pas le perdre.

Ils entrèrent dans une bodega. L'ambiance festive qui régnait dans ce lieu s'accompagnait d'un bruit assourdissant. Les cris et les chants s'entremêlaient dans un brouhaha indescriptible. Il se pencha vers elle et lui cria dans l'oreille :
- Qu'est-ce que tu veux boire ?
- Comme toi.

Il se fraya difficilement un passage jusqu'au comptoir alors que Solange s'accrochait à sa ceinture pour rester dans son sillage et ne pas le perdre. Finalement ils s'accoudèrent au comptoir.
- Garçon, deux sangrias.

La boisson, une combinaison d'alcools inconnus dans lesquels surnageaient des morceaux de fruits, parut délicieuse à Solange.

Une banda qu'on entendait venir depuis un long moment s'arrêta dans la rue, au niveau de leur taverne. Un groupe de Basques en costume typique s'évertuait à danser en cadence, au rythme d'un air de fandango chanté par la foule.
- Je ne comprends rien, hurla Solange à l'oreille de Michel.
- C'est normal. Ils chantent en basque !

Soudain, après quelques flonflons bien appuyés, la musique s'arrêta et malgré la foule déjà dans le bar, ce fut une ruée à l'intérieur. Solange et Michel virent un flot de gens se précipiter vers eux ; ils furent bousculés sans ménagement par les chanteurs qui accompagnaient la banda. Les nouveaux-venus n'avaient qu'une seule envie : boire.

Solange fut un peu affolée par cette vague humaine déchaînée : Michel la saisit par le bras et la poussa contre le mur alors qu'une partie des consommateurs chancelait et tombait à la renverse, entraînant une cohue indescriptible. Si les rires dominaient, on voyait sur certains visages de l'énervement et de la colère.

- Filons d'ici, ça va chauffer.

Et Michel tira le bras de Solange qui dut lâcher son verre.
- Michel, tu me fais mal !
- Désolé, dit-il en relâchant un peu son étreinte. Mais il faut sortir tout de suite.

La porte d'entrée était à quelques mètres d'eux et ils se mirent à longer le mur et à enjamber tous les obstacles sur leur chemin, et notamment des corps avachis ou affalés. Solange manqua trébucher plusieurs fois, mais Michel la suivait de près et veillait sur elle.

Des cris de douleur se faisaient entendre ainsi que des injures lancées à la cantonade. Un poing surgit et ce fut le début d'un combat épique où tout le monde frappait sur n'importe qui.

Enfin Michel et Solange franchirent la porte d'entrée et la fraîcheur de l'extérieur leur parut délicieuse. Ils s'éloignèrent en courant et reprirent haleine un peu plus loin, sous un lampadaire.

La rixe avait atteint son apogée. Quelques musiciens qui avaient réussi à se regrouper dehors se mirent à jouer un air entraînant pour appeler les autres musiciens à les rejoindre. Enfin, quand ils furent tous à nouveau réunis, le chef d'orchestre fit un signe et la banda recommença sa marche dans les rues, en drainant dans son sillage tous ses admirateurs.

Michel et Solange les laissèrent passer devant eux.
- Tu veux les suivre un petit moment ?
- Pourquoi pas ? Si on se tient à distance, on ne risque pas trop de retomber dans un pugilat.

Et ils se mirent à rire. Solange, en passant devant une vitrine, voulut voir l'effet qu'elle faisait dans son accoutrement de festayre. Elle s'observa sous toutes les coutures et s'exclama soudain :
- Oh, Michel ! Regarde ma chemise blanche ! Elle est toute tachée !

Michel fut bien obligé de constater les dégâts : en se faufilant contre le mur, ils avaient récolté des saletés et le dos de la chemise était noirci.
- Oui, il y a quelques taches. Attends, je vais voir ce que je peux faire.

Il se mit à frotter avec son mouchoir qu'il venait de tremper dans une fontaine. Mais il dut reconnaître que les taches de vin ne partiraient pas.
- Tu sais, ce n'est pas très grave à cette heure-ci. Personne ne remarquera rien, il fait trop noir. Et puis les gens ne pensent qu'à s'amuser.

Solange fit une moue qui ne plut pas à Michel. Il ajouta :
- Mais regarde donc autour de toi : tiens, ce gars là-bas, et aussi cette fille : t'as vu leurs habits ? C'est bien pire que nous. Et pourtant ils ont bien l'air de s'amuser, non ?

Solange se raisonna finalement.
- Tu as raison, dit-elle au bout d'un moment.

Et ils se frayèrent un chemin sur un pont qui enjambait la Nive et sur lequel la foule semblait stagner, tant elle était dense.

Chapitre 14

Ils marchaient depuis longtemps. La clarté du feu avait disparu depuis quelque temps. Jennifer, exténuée, traînait en arrière.
- Il faut s'arrêter un moment. On ne peut pas continuer comme ça.
- Bon, d'accord.

Jenny se laissa tomber sur le sol.
- Je vais faire une petite ronde dans le coin, lâcha André.

Il disparut aussitôt dans l'obscurité.
- Qu'est-ce qu'on fait ? Où va-t-on exactement ? demanda Jennifer d'une voix anxieuse.

Bien embêté pour répondre à cette question, Thierry marmonna :
- Il faut trouver un endroit pour se reposer quelques heures.
- Ecoute Thierry, je veux rentrer chez moi en Angleterre.

Elle sanglotait doucement. Quelques larmes coulaient sur ses joues.
- Je sais. T'en fais pas ! Tout ira bien !

A ce moment-là, André revint tout excité.
- Suivez-moi ! J'ai trouvé un endroit où passer le reste de la nuit.

Et ils repartent en suivant leur guide qui s'éloigne du bord de mer. Le sable se fait plus mou sous leurs pieds.

Après quelques centaines de mètres, André désigne une forme énorme et noire au pied de la dune.
- Qu'est-ce que c'est ?
- C'est un blockhaus.
- Un quoi? What is that ?

- Un blockhaus ! C'est un fort construit par les Allemands pendant la guerre. Il y en a beaucoup sur les plages atlantiques.

A mesure qu'ils approchent, le blockhaus apparaît dans toute son imposante masse. C'est un énorme bloc de ciment. Sur le côté, scellés dans le mur de béton, des barreaux rouillés indiquent les marches de l'échelle.
- Il faut monter. L'entrée est par le haut.

Thierry passe le premier. Son sac à dos simplement passé à une épaule, il penche dangereusement de côté avant de rétablir son équilibre.
- Il y a une quinzaine de marches. Certaines sont ébréchées.

Arrivé en haut, Thierry leur crie :
- C'est bon.

Jenny grimpe à son tour les degrés de l'échelle. Ses mains s'égratignent sur la rugosité du fer rouillé. Elle serre les dents. Elle n'en peut plus.
- Come on Jenny ! Donne-moi la main.

Thierry se penche vers elle, agrippe son bras et la tire vers lui. Elle se sent happée vers le haut, saisie par deux bras forts et musclés. L'espace d'un instant, emporté par le mouvement, son corps vient mourir contre celui de Thierry avant que ses pieds ne retrouvent le sol. Enfin, elle reprend son assise.
- Bienvenue !

Puis, après un moment de silence où il la fixe droit dans les yeux :
- Fais attention. Le blockhaus est incliné, le sol n'est pas plat.

En effet, Jenny sent l'inclinaison sous ses pieds et préfère s'asseoir. Le travail de sape de la mer a déstabilisé le monstre de ciment et de fer qui a commencé à s'enfoncer dans le sable. Dans quelques années, il sera complètement enfoui.
- A ton tour, lance Thierry à André.

Soudain Jennifer s'exclame :
- Regarde ! Il y des lumières là-bas !

Elle tend son bras en direction de la côte. Ils dominent le bord de mer et la plage qui se trouve à plusieurs mètres au-dessous d'eux. La lueur d'une rangée de réverbères est bien visible.
- Où est-on ? demande Jennifer.
- A Hossegor ou Capbreton.
- Et maintenant passons aux choses sérieuses, s'impatiente André qui les a rejoints. Pour entrer dans le blockhaus, il faut prendre une autre échelle. Il y fait très noir et il faut donc bien s'accrocher aux barreaux en descendant. Je passe le premier.

Thierry se penche sur la sacoche dans laquelle il farfouille quelques instants avant d'en sortir une lampe de poche. André descend dans le trou noir au milieu du toit. Un trou assez étroit, juste pour le passage d'un corps. Thierry éclaire avec sa lampe le conduit pour aider son ami à descendre.

En bas, c'est l'obscurité totale. André allume son téléphone portable pour éclairer. Le sol est partout recouvert de sable. Au bas de l'échelle, une ouverture donne sur une pièce côté mer, et une autre, plus petite, côté dune.
- Venez par ici.

Les deux autres descendent et André les entraîne du côté qui penche et les fait entrer dans la grande pièce. Deux minces ouvertures dans le béton à hauteur de tête leur apportent les rumeurs de l'océan et la brise du large.
- Ce sont des ouvertures pour les mitrailleuses.

Les notions de guerre, de mitrailleuses, de soldats semblent bien étrangères à la jeune fille qui découvre cet endroit désolé avec un pincement au coeur.
- Je ne veux pas rester ici ! C'est horrible ! Je veux sortir !
- Ecoute Jenny, c'est juste pour finir la nuit. Demain on sortira tôt et on partira.

- Non, non, non !

Et elle crie de plus en plus fort, prise d'un accès de panique.

Thierry qui vient de rentrer la prend par les poignets avant de lui flanquer deux gifles. Jenny s'arrête soudain de crier, comme dégrisée. Elle se met à sangloter en silence.

- On est obligés de dormir ici cette nuit.

Thierry a parlé avec autorité. La jeune fille a compris qu'il ne fallait pas le contredire. Perdue dans ce coin de pays étranger, prise dans un tourbillon d'angoisse, elle se met soudain à trembler de peur.

Chapitre 15

Solange et Michel s'étaient accoudés au parapet le long de la Nive. De l'autre côté de la rivière se trouvait le quartier du Petit Bayonne dont les rues étroites grouillaient de monde.
Autour d'eux, la foule avançait lentement, au gré des bandas qui jouaient tous les airs de musique folklorique locale. Le chic était de choisir un orchestre et de le suivre toute la soirée, en chantant et en déambulant, au gré des nombreux arrêts que le chef de la banda décidait dans des bars choisis à l'avance.
- On va prendre une autre sangria, d'accord ? On trouvera une banda après.

Michel regarda autour de lui et avisa un bar non loin de là. Comme ce dernier était bondé, il avertit Solange :
- Attends-moi ici.

Il se fraya un passage jusqu'au bar, jouant un peu des coudes.
- Garçon, deux sangrias.

Alors qu'il ouvrait son porte-monnaie pour payer, il aperçut l'homme à sa droite, affalé au bar. Il le secoua par la manche pour attirer son attention et lui dit à l'oreille :
- Qu'est-ce que tu fous ici ?

L'autre ouvrit un œil torve sur lui et après un moment s'exclama :
- Ah ! Michel !
- Tais-toi ! On peut nous observer. Tu ne devais pas te montrer ici. Tu es cinglé, surtout après ce que tu as fait...

L'autre lui sourit en clignant de l'œil.
- C'était du bon travail, non ?

- Oui, mais tu es en train de tout gâcher en te pavanant ainsi en plein Bayonne.
- T'inquiète pas ! C'est les fêtes de la ville. Faut en profiter. D'ailleurs, comment repérer quelqu'un parmi plus d'un million de festayres !
- Je t'ai bien trouvé, moi !
- Oui, mais toi, tu me connais. Pas eux ! Rappelle-toi ce petit détail.
- Tu es trop confiant. Si j'étais toi, je ferai gaffe à tout ! Tu entends ? A tout !
- A tout ! Qu'est-ce que tu essaies de me dire ? Tu sais quelque chose ?

Une ombre d'inquiétude traversa son visage l'espace d'un instant.

- Ecoute, je ne peux rien te dire. Je veux simplement te dire de te méfier. Cache-toi ! Disparais !

Il hésita à parler davantage puis conclut :
- Je dois partir maintenant. Je ne suis pas seul. Planque-toi !
- L'autre voulut le retenir par la manche mais il se dégagea. Au moment de partir, il se retourna encore une fois et dit :
- Tu sais où aller ce soir ? Tu te souviens de la planque dans la rue Bourgneuf ?
- Ouais.
- Tenant à bout de bras au-dessus des têtes ses deux verres de sangria, il quitta l'homme qui se remit à boire. Solange n'avait pas quitté Michel des yeux. Lorsqu'il la rejoignit, elle lui demanda :
- Tu connais cet homme ?
- Heu, non !
- Pourtant, tu étais en conversation avec lui, comme si tu le connaissais.
- Il était ivre, tu sais. Avec les soûlons, il faut entrer dans leur jeu un petit moment, ça les calme.

Il remit son verre à Solange.

- On fait cul sec ?

Tous deux se mirent à boire à longs traits et Solange se sentit heureuse alors que Michel l'entraînait loin de ce bar.

Chapitre 16

Une fois Michel parti, Juan se remit à boire. Dans son esprit, les choses tendaient à se brouiller. Il ne se rappelait plus très bien de l'adresse qu'on lui avait indiquée pour se planquer pendant la nuit.

Tout ce dont il se souvenait, c'est qu'il devait rejoindre la rue Bourgneuf dans le Petit Bayonne. Une fois sur place, il se fiait à son souvenir pour retrouver la porte d'entrée de l'appartement qu'il avait repéré quelques jours auparavant et où il devait passer la nuit.

Il souriait béatement en pensant à son haut fait d'armes sur le sable de la plage. Il considérait cet acte come un chef d'œuvre, le plus accompli de sa courte carrière de tueur. Il avait finalement quitté Biarritz devenu trop sensible après les événements survenus sur la plage.

- Garçon, autre sangria, vous plaît !

Il se retourna sur son siège. Dehors, la nuit était tombée.

- Où qu'on est, ici ?

Le garçon le regarda bizarrement.

- A Bayonne !
- T'fous pas de moi, hein !

Il fit un ample mouvement de la main en direction du serveur et perdit l'équilibre. Son torse bascula sur son voisin, lui aussi juché sur un tabouret du bar. Dans le mouvement, son bras emporta plusieurs verres sur le bar qui se fracassèrent à terre.

- Merde !

Un mouvement de foule se produisit tout autour de lui. Il se mit à rire à gorge déployée.

- C'est pas grave les mecs. C'est rien ça, à côté de ce que j'ai fait à Biarritz sur la plage !
- C'est un ivrogne lança un client. Faut le foutre dehors.

Le garçon fit le tour du comptoir et prit l'homme par le col de sa chemise en le tirant vers la sortie.
- Allez cuver votre vin ailleurs mon brave !

Juan n'opposa aucune résistance et dès que le serveur le lâcha, il tournoya sur lui-même, vint s'aplatir la face contre un poteau indicateur et glissa sur le trottoir.

La foule dense venait buter contre ce corps ramassé sur lui-même. L'homme, plus ou moins conscient de sa situation se mit à ramper vers le mur de la maison la plus proche où il vint s'appuyer pour reprendre haleine.
- Faut que j'aille au Petit Bayonne se répétait-il constamment.

Il se remit debout tant bien que mal et se laissa happer par le flot humain qui coulait en direction de la Nive. Il savait qu'il devait quitter le centre ville et franchir le pont. Il fut surpris de constater avec quelle facilité il progressait, porté qu'il était par les coudes et les épaules des festayres. Personne ne prêtait attention à lui et, l'espace d'un moment, il fut heureux, anonyme au milieu de la foule bruyante et colorée.

Il entrait sur le pont. L'odeur de nourriture grasse, frites et ragoût de veau mêlés, le submergea, provoquant chez lui une envie nauséeuse qu'il maîtrisa difficilement.

S'il vit à peine les guirlandes illuminées au dessus de sa tête, il manqua complètement le coup d'œil magnifique sur l'enfilade de ponts enjambant la Nive et tous décorés de lumières multicolores. Il était trop absorbé par le maintien de son équilibre car la foule se faisait très pressante et il avait maintenant de la peine à respirer.

Lorsque l'inclinaison de la route augmenta légèrement au niveau du pont qui enjambe la rivière, il étendit ses bras autour de lui pour assurer un meilleur équilibre et garder ses repères. Le mouvement de la foule accéléra et il se mit à tanguer de gauche et de droite. La nausée commença à se réveiller et il roula des yeux pour trouver un endroit par où se faufiler. Il força son chemin sur la gauche à travers des grappes de corps et se traîna vers le mur le plus proche où il put, tout à loisir, éructer et se délester d'un violent jet jaunâtre de bile et de vin.

Il était maintenant sur l'autre rive de la Nive et cette simple pensée suffisait à lui donner assez de force pour se relever. Il savait qu'il s'était bien rapproché de la rue Bourgneuf et qu'il avait dépassé l'obstacle délicat du pont. En titubant, il avança le long d'un mur qui longeait en fait la rivière et il chercha des yeux le nom des rues. Une allée se présenta dans laquelle passaient des groupes d'hommes pressés. Il emboîta machinalement le pas à un couple d'homosexuels qui se tenaient par la ceinture et s'avança dans la pénombre de la ruelle.

Il s'arrêta un moment, sortit de sous sa chemise une flasque d'alcool et but goulument plusieurs gorgées. Soudain, il remarqua une forte odeur qui se dégageait du sol. Il lui fallut quelques secondes pour réaliser qu'il marchait maintenant dans un ruisselet de liquide qui s'écoulait en continu vers la rivière. Des filets d'urine dégoulinant des murs de maison convergeaient vers le centre de la chaussée. Des bandes d'hommes libéraient leur vessie dans des exclamations de béatitude ; ils s'apostrophaient par des coups de gueule, des blagues salaces, certains avec des gestes évocateurs. C'était comme si cette activité quasi-clandestine libérait chez eux une pulsion réprimée par les conventions sociales.

Juan voulait faire demi-tour mais il craignit, ce faisant, de glisser et de tomber dans cette fange et il décida donc de s'enfoncer plus avant dans la pénombre du passage en espérant qu'il ne s'agissait pas d'une impasse. Parfois, il heurtait une épaule et manquait partir en vrille, mais il étendait les bras pour retrouver son équilibre en se calant entre les deux côtés du passage qui allait en se resserrant.

Faut que je trouve la rue Bourgneuf, se disait-il en lui-même, alors qu'une grande fatigue s'abattait sur lui.

Finalement, il vit devant lui une lumière et des formes qui passaient et comprit qu'il se rapprochait d'une artère principale. Il déboucha soudain dans une rue bruyante mais moins peuplée que celle qu'il avait quittée avant le pont.

Un bruit de musique reggae parvint à ses oreilles et il se rapprocha d'un stand de musique derrière lequel un D.J. s'agitait furieusement autour d'un amas de disques et de bouteilles de bière. Juan s'approcha, comme hypnotisé par le rythme de Bob Marley.

Au milieu de la rue, un groupe de jeunes se déhanchait en cadence, les yeux fermés, les cheveux défaits, les bras ballants, dans un piétinement continu. L'un d'entre eux, les yeux mi-clos, une cannette de bière blanche à la main, faisait de grands tourbillons lents en dodelinant de la tête. Juan semblait comme hypnotisé par ce spectacle. Une jeune Chinoise essayait d'attirer l'attention du danseur en l'appelant sans cesse :
- Gabriel ! Gabriel !

Mais ce dernier planait sur un nuage et ne sortit de son rêve qu'au moment où il buta contre Juan. Il ouvrit alors les yeux et ce qu'il vit dut lui convenir car il se fendit d'un large sourire et dit :
- Tu en veux ?

Le jeune tendit sa cannette et Juan la prit machinalement. Il se mit à boire et la fraîcheur du liquide lui fit du bien. Il s'assit à même la chaussée en s'appuyant contre un rebord de trottoir et décida de se poser un instant. L'endroit lui plaisait, la musique était harmonieuse, la rue assez calme. Il ferma les yeux et siffla la bouteille.
- Comment tu t'appelles ?

La jeune Chinoise lui avait apporté une autre bière.
- Moi ? Peter, répondit Juan. Et toi ?
- Xuan. T'es anglais ?
- Non, pas vraiment.
- Allez viens danser !

Elle le tira et il se leva dans la rue. La bière aidant, il se sentit libéré du poids de ses soucis. Lui aussi se mit à évoluer en cadence avec la musique et il entra dans un duo effréné avec Gabriel où chacun évoluait dans sa sphère géographique et venait à intervalles réguliers investir l'espace de l'autre et à l'occasion lui lançait un coup de fesses.

A chaque fois, Gabriel se fendait d'un :
- Dirty dancing ! Dirty dancing !

Xuan pouffait en mettant sa main devant la bouche.

Après plusieurs heures de bière, de vin et de danse, Juan avait oublié qui il était, où il se trouvait, ce qu'il fuyait. Il avait même oublié qu'il fuyait. Il souriait béatement.

Chapitre 17

Thierry se réveille en sursaut. Il lui a semblé entendre un bruit. Pourtant, en prêtant l'oreille, il n'entend que la respiration régulière de Jennifer qui dort près de lui.

Il prend sa lampe dont il balaie les murs du blockhaus. La place d'André est vide ! Aussitôt, Thierry éteint la lampe et se glisse sans bruit vers l'échelle d'entrée. En levant la tête, il voit un bout de ciel dans lequel brillent quelques étoiles. Mais point d'André. Un coup de lampe rapide dans la seconde pièce lui assure que son ami est bien à l'extérieur.

Il monte à l'échelle. En haut, la brise lui balaie le visage et, pendant un instant, il ferme les yeux pour profiter de la fraîcheur de la nuit. Puis il fait quelques pas sur le toit incliné du blockhaus. Aucun indice ne lui permet de supposer où est son équipier.

Indécis, il s'assoit sur le rebord, les jambes balançant dans le vide. Sans doute André est-il allé faire une reconnaissance.

L'endroit où il se trouve lui aurait paru bien agréable en d'autres circonstances. Un moment, l'esprit de Thierry revient sur les événements bizarres qui les ont poussés à se réfugier ici. Ah ! Comme il aimerait que tout ne soit plus qu'un souvenir à enfouir !

A ce moment-là, il entend un bruit. Les sens aux aguets, il plisse les yeux. Un autre bruit, comme un frôlement, enfin le bruit d'une respiration, là, tout près de lui. Quelqu'un monte à l'échelle intérieure.

- C'est toi Jenny ?

Une forme frêle se glisse près de lui et se blottit contre sa poitrine. Troublé, Thierry pose sa main sur l'épaule de la jeune fille. Au toucher, sa peau est chaude et douce, pleine de vie. Il laisse aller sa main le long du bras qu'il enserre doucement dans sa paume. Un gémissement parvient à ses oreilles. Deux lèvres courent sur sa peau, frôlent sa joue, s'attardent autour de sa bouche où finalement elles s'arrêtent.

Thierry laisse tomber ses défenses. La nuit, la brise, le doux bruit de la mer, tout concourt à se laisser glisser dans la nonchalance. Il entrouvre les lèvres et rencontre la douceur d'une autre bouche. Il ferme les yeux et sombre dans l'abandon.

Soudain Jennifer s'écarte de lui :
- Je m'inquiète pour Myriam ! Demain matin, je dois alerter le consulat britannique de Bordeaux !
- Oui, bien sûr.

Thierry a répondu sans réfléchir à ce qu'il disait. En lui-même, il peste contre cette situation absurde dans laquelle ils se trouvent tous plongés. Et maintenant, alerter les autorités ! Rien que ça !
- Ecoute, André n'est pas là ! Je vais descendre du blockhaus pour le rechercher.
- Non, ne me quitte pas ! J'ai peur. Sans toi, je ne peux pas rester ici.
- Il faut absolument que je retrouve André. Je vais te laisser ça pour te protéger.

Il lui glisse un pistolet dans la main. Elle recule effrayée et laisse tomber l'arme sur le toit en béton.
- Quoi ? What is this ? Mais qui es-tu ? Je ne veux pas que tu me quittes !

Elle s'accroche de ses deux bras à Thierry qui, pendant quelques instants, ne bouge pas. Il ramasse l'arme et la lui met dans la main qu'il tient serrée dans la sienne.
- Il n'y a pour toi aucun danger avec mon pistolet. Le seul accès ici est par cette échelle. Il est impossible que quelqu'un te surprenne. Tu vois, pour tirer avec le pistolet, tu fais simplement comme ça.

Il lui montre le chien et la gâchette, faisant mine de tirer en direction de l'échelle extérieure.

Jennifer qui a compris que Thierry resterait inébranlable se met à pleurer doucement. Elle se blottit contre sa poitrine alors qu'il lui caresse les cheveux.
- Je reviendrai bientôt, je te le promets.

Il enjambe alors le bord du blockhaus en agrippant le barreau de fer supérieur et se fond dans la nuit.

Myriam n'avait rien compris à ce qui lui était arrivé. Elle venait de passer en quelques secondes du ciel en enfer.

Un moment elle était dans les bras d'André, en pleine extase romantique, le moment suivant, là voilà attaquée violemment par deux inconnus qui la traînent sans ménagement sur le sable.

Puis ensuite, elle ne parvient pas à se rappeler exactement. Des coups s'abattent sur elle alors qu'elle veut crier, on lui ferme la bouche, on lui attache les mains dans le dos et on la bâillonne. Puis elle est soulevée comme un fétu de paille et emportée dans le noir de la nuit alors qu'elle entend une explosion terrible.
- Ca y est. J'ai fait sauter la jeep. Youpi !
- Ecrase. Les autres ne sont pas loin et ils vont rappliquer.

Myriam veut crier mais elle ne peut pas. Les pensées affluent à son esprit et elle sombre dans une panique sans fond.

Après une longue marche, elle est déposée à terre. Puis une forme se penche sur elle.
- Ecoute, je vais t'enlever ton bâillon, mais pas d'entourloupe. Gare à toi si tu cries. Tu as compris ?

Myriam fait oui de la tête. Une fois le bâillon enlevé, l'homme la fait s'asseoir et l'attire à lui.
- Ouvre la bouche. Je vais te donner à boire un peu.

Myriam veut résister mais déjà l'homme lui presse de ses doigts ses maxillaires si fort qu'elle est obligée d'entrouvrir la bouche en même temps qu'il lui fourre un goulot de bouteille entre les dents.

La boisson est fortement alcoolisée, probablement du gin ou du whisky, quelque chose que Myriam ne connaît pas.
- Je ne veux pas ! réussit-elle à articuler.

Après une pause pour la laisser respirer, l'homme lui redonne à boire. Elle résiste, s'agite, commence à tousser. Il la laisse respirer, pantelante, courbée en deux. Puis il insiste et réinsère le goulot dans sa bouche, sans ménagement, en entrechoquant le goulot contre ses incisives.
- Bois ma belle. C'est bon tu sais. Tu verras, tu te sentiras très bien dans un petit moment.

Effectivement, l'alcool monte à la tête de Myriam qui se sent partir un peu à la dérive. Elle entrouvre les yeux et ne voit que la masse sombre du buste de l'homme penché sur elle.

Après une ultime et longue rasade, l'homme laisse glisser le corps de la jeune fille à terre où il demeure sans bouger. Gavée de liquide, repue d'alcool, Myriam se sent vaguement nauséeuse.

Il lui semble qu'elle flotte sur des nuages, le corps cotonneux, flasque et détendu. Elle ferme les yeux et n'entend que le ressac de la mer.

A moitié inconsciente, elle aimerait maintenant s'endormir, mais elle sent des mains qui courent partout sur son corps.

Elle tente de résister mais ne peut rien opposer à la violence de celui qui se vautre sur elle en lui léchant le pourtour de l'oreille, en lui enserrant les poignets entre ses mains, en lui écartant brusquement les jambes.

Myriam se débat, roule la tête de gauche et de droite en émettant un faible son de protestation. Soudain, elle se soulève mue par un instinct plus fort, libère une main dont elle lacère la joue droite de l'homme en criant :
- You bastard ! Leave me alone, leave me alone !

L'homme lui assène une puissante gifle qui la rejette sur le sol.

Tu speake inglishe ? J'aime bien les petites Anglaises. Elles savent faire des tas de bonnes petites choses, les Anglaises. Tu sais ça, toi !

Et une bouche goulue qui sent à la fois l'alcool et le tabac se colle à la bouche de Myriam.

Elle se sent comme étouffée par la masse de l'homme qui maintenant s'attaque à son bas-ventre qu'il tripote de ses grosses mains, qu'il dévoile à son toucher, qu'il infiltre de ses doigts adipeux.

Un frisson de répulsion parcourt Myriam qui, dans un ultime effort, parvient à mordre jusqu'au sang la langue de l'homme qui lui fouraille la bouche.

- Ah ! Salope ! Elle m'a mordu !

Il se redresse aussitôt. Près du feu, un rire béotien répond à l'interjection pendant qu'un coup de poing en plein visage assomme Myriam. L'homme se lève alors, les deux mains sur la bouche d'où s'écoule une longue traînée de sang.

- M'est avis que tu ferais mieux de te laver.
- Regarde ! Regarde ce qu'elle m'a fait !

Il tend ses deux mains couvertes de sang vers son comparse qui se met à rire.

- Faut faire attention où on fourre sa langue. Si j'étais toi, j'irai me laver la bouche à grande eau. Imagine, si cette meuf a le Sida, t'es mal barré.
- Espèce de con !

Le gaillard s'éloigne en titubant. Il prend une gourde et s'en asperge le visage en ouvrant grand la bouche.

Son comparse s'approche alors de Myriam qui est toujours inconsciente. Il s'accroupit et se met à caresser ses cuisses découvertes qui font deux taches blafardes dans la demi-obscurité.

Pendant qu'il s'excite, l'homme ouvre sa braguette.

- Moi, j'aime les femmes dociles, comme toi en ce moment. Faut pas me contrarier, et je vois que t'as compris.

Il lui touche le visage pour s'assurer qu'elle est bien inconsciente.
- C'est bien. Au moins, tu es consentante.

Chapitre 18

Armand Abadie ne montait jamais la nuit dans le phare. Il n'avait vraiment aucune raison de le faire, sinon pour admirer les étoiles par temps clair.

Et c'est ce qu'il se disait, alors qu'il se retournait dans son lit ce soir-là. Il était incapable de dormir et les événements de la matinée repassaient sans cesse dans sa tête.

Au-dessus de son logement, la lanterne du phare émettait invariablement le faisceau de son feu blanc qui se voyait à quelque 48 kilomètres à la ronde. Dans cette lumière qui balayait inlassablement l'horizon pour servir de repère aux embarcations sur l'océan, il trouvait généralement un réconfort, comme un point d'appui. Pourtant, ce soir, une sourde inquiétude l'habitait.

Il avait passé une après-midi désagréable : le médecin lui avait annoncé la rechute de son zona ; puis, lors de la belote avec ses amis, il avait perdu partie après partie, ce qui l'avait mis d'humeur grognonne ; ensuite, il n'avait pas pu impressionner son auditoire par le récit de l'incident sur la plage, car l'un des joueurs de belote qui se trouvait à proximité du casino au moment du meurtre avait déjà raconté l'intervention de la police comme témoin oculaire, volant la vedette à Armand. Enfin, un sentiment diffus de mal-être semblait l'habiter. Finalement, il avait regagné son logis assez tard.

Et maintenant, allongé dans son lit, il était agité ; la pleine lune qui éclairait le mur blanc de sa chambre l'incitait à sortir pour respirer l'air doux et chaud et pour étudier la voûte céleste.

Il se leva et ouvrit sa fenêtre.

Soudain, une idée lui traversa l'esprit avec la fulgurance de l'éclair et il s'assit sur son séant.

Les caméras ! Les appareils photo ! se dit-il. Peut-être que la scène a été filmée ! Faut que j'aille voir !

Tout excité, il enfila une robe de chambre en tremblant. Il prit son trousseau de clés qu'il fourra nerveusement dans une poche et, une lampe à la main, se mit à gravir l'escalier en pantoufles.

D'ordinaire, il tirait une certaine fierté qu'à cette heure-ci, des curieux guettaient un peu partout dans la région le faisceau de la lumière de « son » phare. Les enfants particulièrement aimaient guetter le passage incessant de la lumière projetée par le phare dans le ciel noir. Il se remémorait ses jeunes années quand il prenait plaisir à compter, en compagnie de son père, les secondes entre chaque passage du faisceau lumineux.

Il s'arrêta sur la 166e marche pour souffler un peu avant d'attaquer le dernier quart de son ascension. C'était aussi le plus difficile et il le savait.

Aussi prenait-il tout son temps, appuyé contre le mur arrondi, respirant à plein poumons pendant qu'il écoutait le bruit légèrement amorti des vagues. Au moment où il pensait reprendre sa marche, il lui sembla entendre un bruit, comme un raclement au-dessus de sa tête. Il dressa l'oreille mais tout était silencieux.

Après plusieurs secondes d'attente, comme aucun autre bruit ne se faisait entendre, il mit cela sur le compte de quelque oiseau ou chauve-souris venu s'ébattre trop près de la tour du phare et il reprit sa marche.

Il atteignit enfin le haut de l'escalier. Il s'approcha de la rambarde où il s'appuya pendant qu'il reprenait son souffle. Son attention fut, pour un instant, attirée vers l'est où une zone lumineuse diffuse dans le ciel indiquait les lueurs des fêtes de Bayonne.

De nuit, par temps clair, la vue était tout aussi belle que de jour, et il se mit à contempler la ville de Biarritz endormie à ses pieds. De majestueux lampadaires qui diffusaient une douce lumière étaient disposés à intervalles réguliers le long de la promenade maritime. La brise légère agitait doucement les tamaris alors que les vaguelettes venaient mourir sur le sable dans un léger clapotis.

Il s'arracha à cette contemplation pour se tourner vers les appareils et se mit à regarder les clichés des caméras fixes. Après une longue exploration stérile, il se sentit découragé. Il entreprit alors de remplacer uniquement le film du littoral par un film vierge, car le film panoramique des montagnes ne lui serait d'aucune utilité. Après l'avoir extrait de son boîtier, il le mit dans son sac.

A peine avait-il fini qu'une masse sombre se précipita vers lui.

Surpris, il eut un mouvement de recul qui lui coûta cher car l'autre, profitant de son avantage, le poussa des deux mains : Armand perdit l'équilibre et tomba en arrière. Ses bras battirent l'air et il buta contre la grille de protection qui fait le tour de la plateforme du phare. A moitié assommé par sa chute, il essayait de deviner le visage de son assaillant, mais celui-ci se trouvait dos à la lune, et tout ce qu'Armand put distinguer fut une grande tignasse désordonnée.

Comme il se relevait, il esquiva un coup de pied qui visait son visage et, de son poing, il propulsa la jambe de l'autre de côté. Dans le mouvement, elle alla buter contre le mur de la tour. L'autre émit un grognement de douleur et s'appuya contre le mur en tenant son genou. Armand était maintenant debout et prit la mesure de son assaillant : ce dernier cherchait carrément à le mettre hors de combat ! Furieux, Armand banda ses muscles et propulsa sa masse contre l'autre toujours appuyé au mur.

Le rapport de forces avait changé et l'assaillant, ayant perdu l'avantage de la surprise, était maintenant sur la défensive. Il reçut en pleine poitrine un coup de tête d'Armand à lui couper le souffle et il agrippa de sa main la grille pour ne pas tomber à la renverse.

Pendant plusieurs minutes, on n'entendit que le souffle rauque des deux individus qui s'épuisaient dans un corps à corps féroce jusqu'à ce que soudain, saisissant une jambe dans la mêlée, Armand la poussa très haut et la fit passer par-dessus la grille de protection. Le corps suivit bientôt et Armand se saisit du tronc qu'il poussa par-dessus le rebord de toutes ses forces. L'autre tenta de s'agripper au pyjama d'Armand dont les boutons, par l'effet du tiraillement, sautèrent les uns après les autres dans un bruit de staccato précipité. Déséquilibré, l'assaillant se retrouva soudain basculant dans le vide et sa main lâcha le pyjama alors que le corps, en raclant la bordure de protection, se mit à tomber.

Un long hurlement accompagna la chute qui se termina quelques secondes plus tard dans un bruit mat. Un effrayant silence s'ensuivit alors qu'Armand, penché par-dessus la grille, cherchait des yeux l'endroit où l'autre s'était écrasé sur les rochers.

- Oh ! Mon Dieu ! Mon Dieu ! répétait-il dans un état proche de l'hébétude.

Il n'arrivait pas à croire ce qui venait de se passer et sa tête dodelinait lentement d'un côté et de l'autre.

Il se passa un long moment avant qu'il ne recommence à bouger. Il se mit alors à faire le tour de la plateforme plusieurs fois, ne sachant trop ce qu'il faisait. Ensuite, il descendit lentement comme un automate, son sac en bandoulière.

Chapitre 19

En revenant vers le feu, José se sentait bien. Certes, cette nana ne s'était pas donnée comme il l'aurait voulu, mais il ne pouvait tout de même pas se plaindre, vu les circonstances.

C'est toujours pareil avec ces gonzesses. Quand tu les veux, elles t'ignorent. Et quand tu les ignores, elles te font les yeux doux. Faut quand même savoir ce qu'on veut dans la vie.

Après s'être ainsi mis facilement en ordre avec sa conscience, il s'étira de tout son long. Il avait sommeil.

Il en avait presque oublié où il était et ce qu'il faisait sur cette plage. Il se rappela soudain de son comparse.

- Paul !

Ce dernier, allongé sur le sable, était en train de boire précautionneusement, la tête renversée en arrière.

- Ouais. Chui ici.
- Tu parles bizarrement. Tu es bien amoché, hein ?
- Tu peux le dire.

Et il se resservit une rasade.

- Arrête de boire. C'est pas le moment de se défoncer.
- Eh! Pas de morale s'il te plaît. Tu as bien pris ton pied avec la petite chérie, non ? Je t'ai rien dit, moi. Alors écrase un peu.
- Ok. Je veux simplement te faire comprendre qu'il va falloir se tirer bientôt.
- D'accord, d'accord. Et comment c'était avec la miss ?
- Génial.
- T'as fini?
- Ben oui. Mais je dis pas qu'elle en redemande pas.
- Tu te crois toujours aussi irrésistible, hein ?

Il secoua la tête de gauche et de droite.

- Arrête tes conneries. Il va falloir partir.
- Oui, mais on peut attendre demain matin, non ?
- Pas question ! Faut déguerpir dès que possible. L'explosion de la jeep va amener beaucoup de monde par ici.
- Bon d'accord, mais avant de partir, j'ai droit à mon dessert moi aussi.
- On n'a pas le temps !
- Et doucement ! J'en ai pas pour longtemps. On partira après.
- Je ne te conseille pas de t'approcher d'elle.
- Et pourquoi ?
- Elle pourra te reconnaître si tu te montres encore à elle. Mais pas moi, elle ne m'a pas vu car elle était dans les choux.
- Tu n'as pas à me donner de conseils.
- On abandonne la gonzesse et on se tire. Un point c'est tout.
- Tu veux dire qu'on la laisse se tirer ?
- Et qu'est-ce que tu proposes d'autre ?
- Je pense que c'est dangereux de la laisser filer. Elle pourrait témoigner contre nous.
- Témoigner contre qui ? Elle ne nous a jamais vus que de nuit. Elle est incapable de nous reconnaître dans la rue.
- J'ai une idée. On pourrait, par mesure de sécurité, lui crever les yeux.

Il part alors d'un rire effrayant.

- Ecoute, C'est pas rigolo du tout. C'est même franchement con.
- Je me fous de ce que tu penses. Je vais quand même me taper cette salope.

Myriam était revenue à elle. Elle voulut se lever mais ressentit une atroce douleur au visage, là où elle avait reçu le coup de poing.

Elle avait perçu des bribes de conversation des deux hommes. Son coeur battait à tout rompre. Le deuxième venait vers elle. Il fallait qu'elle fasse quelque chose, qu'elle fuie, qu'elle échappe à ces horribles monstres.

Elle entendait l'homme boire bruyamment à la bouteille.

Pourvu qu'il ne veuille pas me forcer à boire !

Quel cauchemar ! Vite, il fallait faire quelque chose. Déjà l'homme reposait la bouteille sur le sable !

- Tu laisses la nana tranquille. On n'a pas le temps pour ça maintenant.
- Fiche-moi donc la paix ! Je veux lui rendre la monnaie de sa pièce.

D'un air décidé, il s'avança vers Myriam, allongée sur le sable. Il avait la démarche pesante et mal assurée d'un homme qui a trop bu. Son ventre était énorme et il respirait bruyamment.

- T'en fais pas. Je vais pas la manger. Ces petites Anglaises ont des ressources infinies.

Myriam entendait l'homme approcher. Le clair de lune projetait une ombre démesurée de celui qui s'avançait vers elle. Elle fut reprise de panique et ses mains se crispèrent convulsivement sur le sable.

Alors qu'il se penchait sur elle et l'empoignait par les épaules, elle lui jeta une poignée de sable au visage.

L'homme, totalement surpris, la lâcha instantanément. Il porta les deux mains au visage. Il crachait les grains de sable qui lui étaient rentrés dans la bouche et qui s'agglutinaient sur sa langue ensanglantée et endolorie. Il avait les yeux qui lui brûlaient et voulait les ouvrir car il craignait que la fille n'essaye de s'échapper. Mais il ne pouvait pas.

- Ah ! La salope ! Elle m'a eu !
- Comme d'habitude. Pauvre loque ! répliqua son comparse qui ne s'était rendu compte de rien, occupé qu'il était à fumer un joint en regardant la masse

sombre de l'océan. Et il se mit à rire d'un rire sardonique tant il trouvait la situation comique.

C'est alors que Paul ressentit une douleur fulgurante lui irradier le bas ventre. Myriam venait de lui donner un coup de talon appuyé dans les parties. Il grogna de douleur et s'abattit sur le côté, la face enfouie dans le sable.

Il hurla :
- Au secours ! José ! Au secours !

Myriam profita de ce répit pour rouler sur le côté, et s'éloigna en rampant en direction de la mer.

Chapitre 20

Konstantin ne pouvait pas le croire. Le récit qu'il venait d'entendre le mettait en fureur. L'échec de la récupération des films n'était pas envisageable la veille, lorsqu'ils s'étaient rencontrés dans le parc public. Maintenant le danger était devenu une vraie menace.

Il écoutait son interlocuteur embarrassé terminer son rapport :
- Sans la visite surprise du gardien, cela aurait été une formalité. On ne sait pas ce qui l'a motivé à monter au phare en pleine nuit. C'est une coïncidence extraordinaire. Car il n'a rien entendu, j'en suis sûr. Il est monté pour une autre raison.

Konstantin fit un geste d'énervement.
- Cela n'a plus d'importance. Le sort en est jeté. Et vous comprenez que toute l'affaire prend un tour nouveau. Nous sommes donc obligés de trancher dans le vif, comme on l'a déjà discuté.
- Oui, nous sommes d'accord là-dessus.
- Si je vous ai fait venir, c'est qu'il y a quelque chose de nouveau.

Il regarda son interlocuteur droit dans les yeux avant de lui lancer :
- C'est vous qui vous en serez responsable, Marco.

Ce dernier fronça les sourcils. Il réfléchissait à ce que tout cela impliquait.

Konstantin devina ce qui se passait dans la tête de son interlocuteur. Il ajouta :
- Je vais aussi vous donner une autre raison pour étouffer vos scrupules. Depuis l'incident de la Grande Plage, notre homme, au lieu de se cacher comme l'exigerait la plus élémentaire prudence, se pavane

dans les rues de Bayonne dans un état d'ébriété avancée.
- Il fait les fêtes ?
- Exact. Ainsi, après avoir été négligent, il est maintenant imprudent. Et sous l'effet de l'alcool, il parle et fait des allusions voilées à ses activités secrètes. Il est devenu incontrôlable.
- Vous le faites suivre ?
- J'y suis obligé. C'est un électron libre qui ne peut se plier complètement à la discipline du groupe. C'est par là qu'il est dangereux. Il met l'organisation en danger mais ne semble pas se rendre compte des implications de ses actes. Il faut donc l'arrêter coûte que coûte, au plus vite. Il a surestimé ses forces, en voulant nous éblouir. Il n'y a pas place chez nous pour des fanfarons ni pour des casse-cou.
- Cette nuit de fêtes serait idéale pour agir.
- Idéale ou pas, il faut agir tout de suite. Prenez quelqu'un avec vous. Il faut, de préférence, un homme dont il n'aura pas à se méfier. Mais que cela soit vite et bien fait.

Un lourd silence suivit cette déclaration.
- En y réfléchissant bien, cela arrangera nos affaires en fin de compte.
- Comment cela ?
- En brouillant les pistes. La police verra un règlement de compte du clan adverse. Ils n'imagineront jamais un règlement interne. Et pendant qu'ils s'égareront dans cette direction, on aura les mains libres pour finaliser le transfert de la marée blanche.
- Oui, tout cela pourrait bien nous arranger.

Ils s'arrêtèrent de marcher le long de la plage de la Milady. Quelques rares lampadaires diffusaient une lumière tamisée. Il n'y avait personne alentour.
- Vous feriez mieux de partir maintenant. Espérons que demain sera un autre jour.

Chapitre 21

Les heures avaient passé. La flânerie mouvementée dans les rues bondées de la ville avait duré si longtemps qu'elle avait fatigué Solange et Michel. De plus, ce dernier ne pouvait détacher son esprit de la rencontre surprise survenue dans le bar. L'inconscience de Juan lui paraissait tellement énorme que tout cela lui semblait irréel. Finalement, ils décidèrent de s'attabler à la terrasse de l'un des nombreux restaurants le long de la Nive.

Comme ils n'avaient pas réservé, le garçon leur trouva une petite table dans un coin d'où ils pouvaient cependant voir la rivière, et au-delà, le bâtiment moderne des Halles au-dessus duquel se devinait l'ombre de la cathédrale sur son promontoire. Derrière la rambarde de la terrasse coulait le flot des vacanciers qui passaient si près d'eux qu'ils pouvaient, en tendant la main, se servir dans leur assiette.

Près d'eux, une tablée d'une vingtaine de personnes enchaînait chanson sur chanson, et Michel se joignait de temps en temps à eux.

Le plat principal du menu unique était de la queue de taureau. Cela fit frissonner d'excitation Solange qui demanda :
- Tu es sûr que c'est bon à manger, ça ?
- Mais bien sûr !

Et il lui versa une rasade de vin d'Irouléguy.
- Tu as l'air d'une jeune fille basque, avec tes joues bien rouges et ton petit béret !
- Arrête donc de te moquer !

Elle but une gorgée de vin et sourit de toutes ses dents à Michel qui la dévorait des yeux.
- Tu vas m'excuser, mais je dois faire un petit tour.

Solange se leva en quête des toilettes. Michel allongea les jambes et se mit à siroter son verre d'Irouléguy, les yeux mi-clos, tout en écoutant les mille bruits qui résonnaient autour de lui, lorsqu'une voix plus proche de son oreille le tira de sa rêverie.
- Excusez-moi.
En ouvrant les yeux, il vit la face barbue du garçon qui lui souriait.
- Oui ?
- Je dois vous remettre ce billet.
Michel prit le papier que lui tendait le garçon, ne sachant de quoi il s'agissait. Il voulut l'appeler mais l'autre était déjà reparti au bar.
Il déplia donc le papier sur lequel il lut le message suivant :
Complication en vue. On a besoin de toi avant minuit. Action radicale imminente.
Michel se leva et demanda au garçon :
- Pouvez-vous me dire qui vous a remis ce billet ?
Il tenait à la main le papier en question. Le serveur, débordé, regarda à peine Michel qu'il ne remit tout d'abord pas. Puis son visage s'éclaira et il répondit :
- Ah oui, je me souviens. Un monsieur.
- Comment était-il ?
- Il avait un béret rouge.
Michel ne sut si l'autre faisait de l'humour. Autour de lui, tout le monde avait un béret rouge. Comprenant qu'il ne pourrait rien en tirer de plus, il regagna sa place, non sans avoir d'abord déchiré le papier en mille morceaux qu'il lança dans une poubelle.

Michel se sentait sonné comme sur un ring. Il se composa un visage avant que ne revienne Solange.
Il rabâchait sans cesse ces trois mots : *action radicale imminente*. Le mot radical l'hypnotisait car selon le code qu'il connaissait, cela impliquait la liquidation pure et simple

d'un élément perturbateur. En réfléchissant, il ne pouvait s'empêcher de penser à Juan. Ce message le concernait-il ? Il repensait à cette rencontre dans le bar où Juan paraissait plus fier que peureux. Peut-être est-il trop sûr de lui, se disait Michel.

Il le connaissait très peu et il devait s'avouer que cet acte sur la plage de Biarritz l'impressionnait vraiment. Il ne pouvait s'empêcher de voir, dans cet acte, une bravade évidente, un désir de reconnaissance éperdu, mais aussi de provocation imprudente, qui pouvait ne pas plaire à certains, qui pouvait aussi en effrayer d'autres.

Puis il se dit que, comme le groupe semblait savoir ce que Juan faisait, ce dernier devait être suivi. Qu'il était imprudent, Michel avait pu s'en rendre compte lui-même. Et soudain, il comprit qu'on avait dû le voir en train de parler à Juan. Ceci pouvait expliquer qu'il ait reçu ce message.

Michel commençait même à se demander si lui-même était surveillé en permanence, lorsque Solange revint à table. Il jeta quelques regards furtifs à droite et à gauche, mais la densité de la foule le convainquit que jamais il ne pourrait repérer une quelconque filature.

- Qu'est-ce qu'il y a Michel ? Tu as l'air soucieux.
- Oh ! Ce n'est pas bien grave. J'ai un peu mal à la jambe. Une sorte de crampe.

Michel et Solange étaient rentrés assez tôt de Bayonne. Jamais Solange n'avait vu pareille foule ni pareille folie, pareille fiesta ni pareille allégresse. C'est Michel qui avait insisté pour partir et Solange n'avait pas vraiment apprécié ce départ prématuré.

Dans la voiture, Michel avait annoncé tout de go qu'il ne pouvait rester avec elle ce soir. Il avait prétexté une urgence quelconque, ce qu'elle avait mal pris. Elle avait commencé une bouderie, dispersant derechef la bonne humeur de la soirée.

Michel aurait aimé rester un moment encore avec Solange. Mais il lui fallait se reposer un peu. Et aussi réfléchir. Il partit donc abruptement pour abréger la dispute qui menaçait d'éclater.

Michel appela dès qu'il fut assis dans l'habitacle de sa voiture.
- Allô ! C'est Michel !
- Salut ! On a besoin de toi, ce soir. C'est urgent.
- Mais c'est les fêtes de Bayonne ce soir !
- Précisément, cela sera encore plus facile à faire.
Michel savait qu'il ne gagnerait rien à argumenter.
- De qui s'agit-il ?
Quelques secondes s'écoulèrent au bout du fil.
- Juan.
- Juan ! Mais …
Michel était sans voix. Il ne pouvait pas le croire. Il reprit :
- Je ne vois pas l'urgence dans son cas.
- Tu n'es pas là pour décider. Sache simplement qu'il est devenu dangereux car il est imprudent. L'ordre vient de tomber. Tu as le choix des moyens, mais on veut quelque chose de propre.

Ses soupçons se confirmaient. Juan avait été suivi. Et probablement lui aussi, du moins après sa rencontre avec Juan.

Chapitre 22

Dans la moiteur de la nuit, Juan avançait sans savoir exactement où il se trouvait. Lorsqu'il avait quitté l'appartement d'Amparo, il faisait encore nuit et il y avait pas mal de monde dehors. Il ne savait combien de temps il était resté chez elle mais le calme de l'appartement l'avait détendu.

De retour dans la rue, le bruit l'agressa tout d'abord puis il reconnut la musique reggae qui battait son plein. Il se mit à marcher au hasard. Il savait qu'il devait aller à la gare, mais il n'y avait pas de train avant le matin. De plus, la gare se trouvait de l'autre côté du pont Saint-Esprit qui enjambe l'Adour, donc assez loin du centre de la fête.

Il ne voulait pas entrer dans la zone obscure et déserte de la ville. Il lui fallait les lumières, le flonflon des orchestres. Il se dirigea donc vers le bruit, vers l'agitation, vers la fête où il se sentit ragaillardi au contact de la foule.

Il s'arrêta à un stand de boissons, s'accouda au bar et commanda une sangria. Goulument, il but de longues gorgées et essuya du revers de son bras le liquide qui dégoulinait sur son menton. Soudain, il eut une vision de la Grande Plage de Biarritz. Il se voyait marchant vers sa victime, il lui semblait avancer comme sur un escalateur, il glissait sur le sable. Personne ne pouvait rien contre lui. Il accomplissait un acte à la fois brillant et moral.

Il sourit intérieurement et se demanda s'il n'était pas en train de chercher à se déculpabiliser. Il s'ébroua et hurla, en levant son verre vide :

- Une autre sangria !

Il ne put s'empêcher d'analyser ce flot de pensées culpabilisantes qui venait de le submerger et décida qu'il fallait noyer tout cela dans l'alcool. Il se félicita alors de se trouver au centre des fêtes de Bayonne. Cela l'aiderait à oublier.

Il se tourna vers son voisin qui, appuyé au bar, trempait sa moustache dans une chope.
- A la vôtre !

L'autre souleva à peine sa bière et lui fit un clin d'œil.
- Vous savez ce qu'on dit de Bayonne pendant les fêtes ? lui lança Juan.
- Aucune idée.
- Vu que c'est les plus grandes fêtes de France, … Mais vous saviez cela, non ?
- Bien sûr, tout le monde le sait.

Et il se mit à chanter, très vite suivi par tous les buveurs du bar : C'est à baba, c'est à yoyo, c'est à baba, c'est à Bayo-o-nne, qu'on se bibi, qu'on se dodo, qu'on se bibi, qu'on se bido-o-nne !

Puis ce fut une série de hourras, d'entrechocs de verres, de plaisanteries salaces au milieu de rires tonitruants.
- Eh les gars ! continua Juan. Ya rien comme les fêtes de Bayonne pour s'éclater !
- Tu l'as dit mec !
- Bayonne, pendant les fêtes, c'est, c'est … le clitoris de la France !

Les autres, qui étaient tous complètement ivres, goûtèrent cette image éculée à sa juste valeur. Juan leva les bras au ciel et, dans une tentative inutile pour demander le silence :
- Chantez avec moi la nouvelle chanson des fêtes de Bayonne.

Et il se mit à hurler, sur l'air connu de *C'est à Bayonne qu'on se bidonne* :
- C'est au clicli, c'est au toto, c'est au clicli, c'est au clito-o-ris, qu'on se bibi, qu'on se dodo, qu'on se bibi, qu'on se bido-o-ne, c'est au clicli …

Galvanisé par cette sortie aussi inattendue que prometteuse, la bande de poivrots, conquis dès le premier refrain, reprit en braillant de plus belle :
- C'est au clicli, c'est au toto, c'est au clicli, c'est au clito-o-ris, qu'on se bibi, qu'on se dodo, qu'on se bibi, qu'on se bido-o-ne, c'est au clicli …

L'ambiance était indescriptible : dans un mélange de saoulerie et de fantasmes sexuels refoulés, les yeux révulsés, la bave à la bouche, le groupe de pochards offrait un spectacle qu'aurait aimé croquer Goya.

Cette fois, Juan avait conquis son auditoire. Il reçut une bordée de tapes dans le dos. Les gens appréciaient cet humour graveleux. On lui offrit plusieurs verres. Il rayonnait.

Il ne quitta le bar que bien plus tard et se mit en marche au hasard. Dans la rue, il fut agressé par un tourbillon de bruit et de lumière. Il mit une main droite en visière devant ses yeux et avança, le bras gauche tendu devant lui, comme pour anticiper des obstacles potentiels, à la manière d'un malvoyant.

Chapitre 23

Solange ! Michel essayait de ne pas penser à elle, qui revenait sans cesse à son esprit.

On était maintenant tout près de l'aube et le ciel allait bientôt commencer à se teinter légèrement.

Il avait bien réfléchi à sa mission. Marco lui avait demandé de traiter cette affaire proprement. Il avait choisi la solution la plus discrète possible. A cette fin, il portait un veston léger muni d'amples poches dans lesquelles il avait placé son équipement : une petite seringue emplie de curare dans la poche gauche et, dans la poche droite, par acquis de conscience, son pistolet qu'il ne portait sur lui qu'en de rares occasions.

Bien que Marco lui ait promis de l'aider dans tous les cas, il était anxieux car il ne savait vraiment pas comment procéder si d'aventure Juan ne se trouvait pas au seul endroit auquel il pensait le trouver.

Michel se pressait à travers les rues quasi vides. La ville avait commencé à s'assoupir et les clameurs de quelques fêtards lointains étaient les seuls bruits qui troublaient le calme nocturne.

Maintenant il arpentait les rues du petit Bayonne. Pour retrouver Juan, il n'avait comme indice que l'adresse de la rue Bourgneuf où il avait peut-être passé la nuit. Il se dirigea donc vers cette rue et alla droit au numéro 5.

La porte était fermée et il se mit à battre le pavé de long en large. Il fulminait de se trouver dans une situation aussi absurde. Alors que Solange l'attendait dans son appartement à Biarritz ! Il secoua la tête pour chasser cette idée qui risquait de le distraire et marcha jusqu'à la balustrade qui longe la rivière en réfléchissant.

Il n'aimait pas alerter sa proie mais il était bien obligé de faire quelque chose. Il sortit son téléphone portable et appela. En revenant vers la porte d'entrée, il comptait les sonneries et ce n'est qu'à la douzième qu'une voix empâtée se fit entendre.
- 'lo ?
- Allô ! C'est toi, Amparo ?

Un moment de silence.
- Ouais ! C'est qui ?

Michel eut un moment d'hésitation. Puis il se lança malgré tout :
- C'est Michel. Je peux entrer ?

Encore quelques secondes.
- D'ac.

Il entendit un déclic et la porte d'entrée s'entrouvrit légèrement. Il se glissa à l'intérieur et se trouva dans un long corridor obscur. Une cage d'escalier projetait une pâle lueur quelques mètres plus avant. Il avança à tâtons et se mit à monter lentement jusqu'au deuxième étage. L'escalier en grandes plaques de ciment ne faisait aucun bruit sous ses pas. Il n'entendait rien autour de lui et se demanda s'il courait, ici et maintenant, un risque quelconque.

Il s'accrocha fortement à la rambarde. Pas le moindre bruit qui lui indique une présence quelconque. C'est cela qui lui plaisait le moins. Au-dessus de sa tête, la verrière du quatrième étage projetait une lueur blafarde vers laquelle il montait comme dans un nuage flou.

Finalement, il atteignit le deuxième étage et se dirigea tout droit vers la porte du fond. Il connaissait l'appartement pour y être venu danser le tango autrefois avec des copains. Il allait frapper contre la porte mais celle-ci céda lorsqu'il s'y appuya. Il put donc entrer sans problème. Personne pour l'accueillir.
- Amparo ! Tu es là ?

Toujours aucun bruit. Il avança le long d'un étroit vestibule. Le côté gauche était un mur continu et toutes les pièces de l'appartement s'ouvraient sur le côté droit. Dans chacune il jeta un œil, mais il se rappelait vaguement que la chambre était au fond du couloir. C'est là qu'il vit une forme couchée sur le lit.

Il la secoua et Amparo ouvrit les yeux. Elle étendit la main et alluma une lampe de chevet qui illumina son beau visage espagnol.

- Tu es seule ?
- Ça se voit pas ?
- Mais, je croyais que…
- Tu croyais quoi, hein ?

Elle enroula son bras autour du cou de Michel, le forçant à se baisser vers elle.

- Il y a longtemps que t'es pas venu par ici, mon joli. Et je sais que c'est pas pour mes beaux yeux que t'es là, hein ?
- Eh bien, en réalité, je cherche quelqu'un et je croyais qu'il serait ici ce soir. Tu n'as vu personne ?

Elle lui effleura la joue de ses lèvres. Michel se sentit traversé d'une pointe de désir : Amparo était une belle femme mais il se ressaisit et se redressa lentement.

Il était perplexe. Un instant, il se demanda si elle était vraiment seule.

- Personne n'est venu cette nuit ?
- Quelqu'un est passé, mais il n'est pas resté.
- C'était qui ?

Amparo s'était maintenant redressée dans son lit. Elle ramena sa combinaison sur sa poitrine à moitié découverte et fixa Michel.

- C'était ce pauvre Juan. Il avait l'air mal en point.
- Et tu sais où il est allé ?
- Non. Mais il a parlé d'Espagne, de quelque part en Castille. Tout cela était un peu vague.
- Il est parti vers quelle heure ?

- Je ne sais pas car je me suis endormie quand il était ici. A mon réveil, il était parti. J'en ai été surprise car j'avais cru comprendre qu'il était venu car il ne savait pas où aller.
- Comment était-il ?
- Il était complètement paf. Ce qu'il disait n'était pas très cohérent.

Michel pestait intérieurement. Il pensait à ce qu'avait pu faire Juan en sortant. En supposant qu'il fasse ce qu'il disait, calculait-il, il est peut-être parti à la gare prendre le premier train vers l'Espagne.

Il décida de partir sur le champ. Mais Amparo le retint en lui disant :
- On a téléphoné à ton sujet.

Michel, surpris, demanda :
- Eh qui donc ?
- Un certain Marco. Il voulait savoir si je t'avais vu récemment.

Ce coup de téléphone ne le surprenait pas. Marco s'inquiétait du succès de l'opération. Il devait s'assurer que la mission serait bien menée à son terme. Il n'allait pas lâcher Michel d'une semelle.

Il était contrarié de se sentir pisté ainsi mais il dut cacher son sentiment devant Amparo.
- Oui, je vois. Et il t'a dit autre chose ?
- Non.
- Très bien. Je dois filer maintenant.

Il lui donna une bise sur la joue et partit précipitamment.

Chapitre 24

Thierry soupçonnait bien où était allé André. Tel qu'il le connaissait, il était sûrement parti à la recherche de Myriam. Thierry voulait donc le retrouver le plus vite possible. Il pensait que partir seul ainsi était trop risqué.

Ce qui ennuyait Thierry est qu'il ne savait absolument pas depuis combien de temps André était parti et de quelle avance il disposait sur lui.

Tout en ruminant ces pensées, Thierry marchait en direction du sud. Il avait quitté la plage et avançait sur la crête de la dune. Ainsi, il pourrait voir l'ensemble de la côte en contrebas et les lumières éventuelles. De plus, il pourrait aussi surveiller l'accès à la plage depuis la forêt qui longeait la dune à quelque distance de là.

Il marchait depuis un bon moment déjà quand il lui sembla percevoir des bruits de voix.

A mesure qu'il avançait, les bruits devenaient plus distincts et bientôt, il put clairement distinguer des mots. Il tendit l'oreille. Le vent venait du sud et il perçut clairement les voix de plusieurs personnes.

Arrivé à une centaine de mètres du groupe, il se baissa. Le clair de lune qui l'aidait pour repérer les différents individus pouvait aussi le faire voir et il se mit à ramper. Il entendit clairement l'un des hommes à l'embonpoint imposant dire :

– Je vais quand même me taper cette salope.

On entendit le bruit d'un bouchon que l'on ouvre, le glouglou d'un gosier, un glouglou long et goulu, avide et insatiable, suivi d'une bruyante éructation.

- Tu laisses la nana tranquille. On n'a pas le temps pour ça maintenant.

- Fiche-moi donc la paix. Je veux lui rendre la monnaie de sa pièce.

Où est donc André ? se demandait Thierry. Il doit bien être par ici.

André n'était pas bien loin. Il était parti à la recherche de Myriam bien avant Thierry et observait la scène depuis un bon moment déjà. Il attendait le bon moment pour intervenir.

Il avait repéré deux individus et ne pensait pas qu'il y en ait d'autres. Celui qui marchait pesamment lui indiqua dans quelle direction se trouvait Myriam et il bifurqua de sa route pour obliquer en rampant dans la même direction.

Il vit l'homme se pencher pour empoigner la fille et au moment où il allait bondir, l'homme cria en portant ses mains à ses yeux :

- Ah ! La salope ! Elle m'a eu !

Puis, vite après, André vit l'homme porter ses mains à son bas-ventre. Il tomba dans le sable en s'exclamant :

- José ! Au secours !

André savait que Myriam venait de neutraliser – au moins temporairement – son agresseur mais qu'elle était toujours en danger. Il devait à tout prix la rejoindre.

Paul se mit à geindre. Son comparse, José, avait reconnu dans la voix de son comparse un ton de frayeur qui ne trompait pas. La première chose qu'il fit fut de se saisir de son arme et de se mettre à ramper dans la direction d'où venaient les cris.

Outre les lamentations de Paul, un grand calme régnait maintenant et ce fut au tour de José de ressentir la peur au ventre.

En rampant, il ne faisait pas le moindre bruit sur le sable doux. De temps en temps, il s'arrêtait pour écouter mais n'entendait rien que la mer.

C'est bizarre que je n'entende rien du tout. Où est la gonzesse ? Bordel, qu'est-ce qui s'est passé ?

Enfin il arriva à l'endroit où il avait laissé la fille après s'être amusé avec elle et où Paul avait dû la rejoindre.

Il appela doucement :
- Paul ! Paul !

Il pensait à rebrousser chemin lorsque son menton vint buter contre un obstacle. Il avança la main et reconnut au toucher une chaussure, emmanchée d'un pied et d'une cheville.

Il frémit un instant mais réprima tout bruit qui ne ferait que révéler sa présence.

Il avança la main et sut, à la boucle du ceinturon ainsi qu'à la protubérance du ventre qu'il tâtait qu'il s'agissait bien de Paul. Le corps était sans mouvement.

José continua à se hisser jusqu'au niveau de la tête qu'il ne pouvait pas voir mais qu'il explora de ses doigts.

Le visage était tourné sur le côté et avait les yeux fermés. En explorant plus avant, il passa involontairement la main sur la bouche entrouverte. Il en sortit de la bave mêlée de grains de sable.
- Paul !

A ce moment précis, il entendit un léger bruit à sa gauche.

Il se retourna immédiatement et sentit une forme noire s'abattre sur lui.

Culbuté par l'agresseur, il tomba en arrière alors qu'une pluie de coups de poing lui tombait dessus.

Il tenta bien d'interposer ses mains et ses bras mais sans grand résultat. Il reçut sur la tempe un coup avec un objet dur qui le fit sombrer dans l'inconscience alors qu'il entendait à son oreille une voix qui lui paraissait bien lointaine lui dire :
- Tu es moins fier maintenant, hein ? C'est plus facile, avec les filles, n'est-ce pas ?

André se releva et avisa Myriam qui avait observé la scène cachée dans l'ombre de la nuit et qui pleurait doucement.

André s'approcha d'elle. Il la prit dans ses bras et lui dit doucement :
- C'est fini, ils ne t'embêteront plus. Je te le promets. C'est fini.

Elle le regardait comme si elle ne le reconnaissait pas. Dans ses yeux, un grand voile d'incompréhension.

C'est alors que surgit Thierry. Il projeta sur eux le faisceau de sa lampe. André lui dit :
- Elle a subi un choc. Il faut vite partir d'ici.
- Qu'est-ce qui s'est passé exactement ?

André lui dit simplement :
- On a eu des ennuis avec deux types. Je ne crois pas qu'il y en ait d'autres. Mais maintenant, ils ne nous embêteront plus. Ils sont neutralisés.

Ils partirent alors en direction du blockhaus.

Chapitre 25

- Allô, Marco ?
- Salut, Michel ! Tu es passé chez Amparo ?
- J'en suis sorti il y a peu. Je t'appelle comme convenu.
- Très bien. On n'a plus qu'à se rencontrer en ville. Je te propose dans 10 minutes au pont Saint-Esprit, rive gauche.

Michel raccrocha. Il se mit en route lentement car il était assez proche de l'endroit du rendez-vous.

Les deux hommes se serrèrent la main. Michel expliqua qu'il n'avait pas de piste pour localiser Juan. Marco le tranquillisa :
- Ne t'en fais pas. On sait où il est.
- Vous le pistez ?
- On est bien obligés. C'est un élément incontrôlable, il est devenu dangereux et met en danger toute l'organisation.

Michel préféra ne pas répondre.

Marco décrocha son portable et en quelques phrases il sut que Juan était quelque part près de l'église Saint-André.

Les deux hommes ralentirent le pas. Michel ne savait trop que faire. Il serrait la main sur son revolver qu'il tenait dans la poche droite de son pantalon. Tirer sur la cible n'était pas si facile, avec tant de gens. Il serait sûrement repéré par quelqu'un s'il s'avisait d'agir en pleine rue.

A moins, pensait-il que, dans la foule dense, il puisse s'approcher assez prêt et, profitant d'un de ces moments inattendus où la foule est prise de mouvements incontrôlables, qu'il parvienne à tirer à bout portant au milieu des corps pressés et à se détourner aussitôt de la cible pour s'en éloigner. Dans le vacarme ambiant, sa détonation ne se remarquerait pas. Il faudrait un moment pour réaliser vraiment ce qui se serait passé. Il ruminait tout cela dans sa tête, alors que Marco menait le train, suspendu au téléphone pour suivre l'itinéraire de Juan.

Regardant alentour, Michel avisa une fourgonnette dont le coffre ouvert laissait voir un fouillis d'objets. Il aperçut des feux d'artifice, des pétards et toutes sortes de fusées qu'un couple déchargeait et transportait près de la rivière. Michel ralentit et s'approcha par curiosité. Il vit, posée au fond de la fourgonnette, une structure métallique recouverte d'une toile grossière d'où émergeaient deux cornes de taureau. Et cela lui donna aussitôt une idée à la fois géniale et folle.

Marco revint sur ses pas :
- Qu'est-ce que tu fous ?
- J'ai une idée. Un moment !

Il profita que le couple qui déchargeait s'éloigne en portant des objets du feu d'artifice vers la rivière pour s'approcher de la fourgonnette et s'emparer lestement de l'accoutrement qu'il chargea sur son épaule. Il se hâta vers une porte cochère et, à l'abri des regards, posa son chargement dans l'ombre du passage. Avec Marco, il se mit à le soulever pour l'observer sous toutes les coutures.
- C'est un accoutrement de toro de fuego !
- Exactement. Et je vais l'utiliser.
- Quoi ! Toi ?
- Et pourquoi pas ? Il ne faut pas un doctorat pour faire le toro quand même.
- Certes, mais je n'en vois pas l'intérêt, pour notre affaire.
- Eh bien tu seras surpris sous peu.
- Dis-moi ce que tu as en tête !
- Cet accoutrement me servira à m'approcher de la cible. Voilà ! Ensuite, j'aviserai au moment voulu. Toi, tu me guides jusqu'à lui.

Marco émit un sifflement.
- Tu raffines dans le détail. Dis donc, tu ne chercherais pas à battre Juan dans l'extravagance, par hasard ?

Michel haussa les épaules.
- Aide moi donc plutôt que de dire des inepties !

Avec l'aide de son comparse, il enfila la combinaison du toro de fuego et, après l'avoir sanglée, s'assura de son bon équilibre sur ses épaules. Ses mouvements étaient ralentis par l'accoutrement qu'il portait et il se guidait sur la présence de Marco qui marchait quelques mètres devant lui, en éclaireur, pour localiser leur cible.

La foule devenait plus dense et il avait du mal à avancer car il était balloté de droite et de gauche. Son plus grand souci était de savoir où il mettait les pieds, ce qu'il ne pouvait que très difficilement faire.

Il s'habituait maintenant à sa charge et empruntait un rythme de marche adéquat.

Il avançait dans la foule mais ne pouvait aller vite tant les corps étaient pressés les uns contre les autres et la cohue indescriptible. Il ne savait plus exactement où il se trouvait, quelque part dans la vieille ville certes, mais il avait maintenant perdu le sens de l'orientation et se laissait guider par son comparse.

Le vacarme ambiant, les cris, les rires, les chants, les crépitements, tout cela mêlé à des odeurs de viande grillée lui donnait la nausée et il devait parfois s'agripper à quelque épaule qui passait pour ne pas tout simplement tomber au milieu de la chaussée.

Soudain, il eut l'impression d'un grand vide, comme d'une libération. Les corps se séparaient, s'éloignaient de lui et il déboucha sur une place où les gens bougeaient peu car ils écoutaient un orchestre.

Manquant soudain d'appuis de tous côtés, habitué qu'il était à être soutenu, voire parfois même soulevé par la foule en mouvement, il tituba un peu, moitié zigzaguant, et avança d'un pas hésitant vers le centre de la place.

Tout d'un coup, une immense clameur l'effaroucha, alors qu'un large mouvement de foule le happa et l'entraîna dans un remous vertigineux. Une lumière d'une blancheur éclatante se mit à virevolter dans tous les sens devant ses yeux ébahis alors qu'une tête de taureau surmontée de ses deux redoutables cornes menaçait de fondre dans sa direction. Le cri de la foule lança soudain un « olé » qui fit froid dans le dos, puis un autre et encore un autre alors qu'une masse sombre se mit à tourner et virevolter au milieu des gens qui riaient, projetant dans tous les sens cette lueur aveuglante qui surgissait en feu d'artifice.

Il lui fallut un certain moment pour comprendre qu'il assistait à une démonstration de toro de fuego. Sous le harnachement lourd du taureau aux fausses cornes, un solide gaillard jouait à faire l'animal, pourchassant ses persécuteurs, courant au milieu de la foule qui s'éparpillait en tous sens à son approche, bousculant et éclaboussant de gerbes d'étincelles les badauds. Du dos cartonné du toro jaillissaient en continu deux feux de Bengale qui éclaboussaient d'une lumière vive un espace que les enfants aimaient traverser en courant et en hurlant des cris stridents.

Pour varier le rythme, le toro se mettait, de temps en temps, à tourner sur lui-même, comme pour encorner les touristes qui s'approchaient de lui par l'arrière. Alors, cela créait une impression de vitalité nouvelle renforcée par le jaillissement nouveau des feux de Bengale qui augmentait encore le cri de la foule vers un crescendo aigu.

Les explosions des pétards que des plaisantins lançaient sur le sol, les flonflons de l'orchestre que les accords des bandas mobiles couvraient momentanément, la sourde rumeur de la foule en mouvement dans la ville, tout faisait un tel tapage qu'il était impossible de s'entendre sans hurler dans l'oreille du voisin. On était comme grisé par ce boucan cacophonique et les femmes s'esclaffaient, comme titillées par cette agitation débridée.

Le vacarme ambiant était une condition essentielle pour la réussite de son projet. Il sentit soudain qu'il avait trouvé ce qu'il recherchait.

Une pression sur le bras lui indiqua que Marco avait enfin retrouvé la trace de celui qu'il cherchait. Il repéra, droit devant lui, la cible qui lui tournait le dos. Il pensa que s'il se mêlait à la fiesta en activant son harnachement, la présence de deux toros de fuego au même endroit ne pourrait que plaire à la foule, et en fait cela lui serait un élément favorable dans la mesure où le bruit plus fort et l'agitation extrême lui permettraient d'agir plus aisément.

Michel cria à son comparse d'allumer les gerbes au-dessus du toro de fuego. Une fois fait, il lui fut plus difficile de voir clairement autour de lui, car les étincelles retombaient en cascades continues à quelques mètres de lui.

Mais il était animé d'une volonté farouche d'en finir une bonne fois avec tout cela. Il se sentait sûr de lui avec ce déguisement. Qui irait penser à un tel scénario pour commettre un meurtre ?

Il prit donc sa place dans le tourbillon naturel de la foule, déjà excitée par le premier toro de fuego. Lorsqu'on se rendit compte de l'arrivée du deuxième toro, une grande ovation s'éleva de la place et le bruit monta alors à son paroxysme.

C'était un spectacle rare que de voir deux toros de fuego évoluer ensemble. Ils se tenaient à une certaine distance l'un de l'autre mais parfois ils se rapprochaient au point même de se toucher. C'était comme un ballet de féérie et de lumières dans lequel les deux artificiers semblaient rivaliser de prestance et de dynamisme.

Michel avait d'abord souffert de la gerbe d'étincelles qui retombait sans cesse et qui brouillait un peu sa vision, mais en même temps elle éclairait tout d'une vive lumière blanche. Il remarqua qu'il y voyait mieux s'il était en constant mouvement circulaire et il s'efforçait donc de bouger en tournant sur lui-même dans de grands cercles qu'il décrivait en rentrant résolument où la foule était la plus dense.

Parfois, il arrivait si vite que les gens n'avaient pas le temps de bouger assez vite, et certains venaient s'échouer contre lui et en profitaient pour toucher une corne ou tapoter sur son dos, comme l'on fait d'un vrai taureau au cours de l'encierro des fêtes de Pampelune.

Il ne perdait cependant pas le fil de ses pensées et repérait Marco chaque fois que celui-ci apparaissait dans son champ de mire. C'était son repère et Marco lui envoyait parfois des signaux discrets avec les mains pour lui indiquer dans quelle direction aller pour continuer à se rapprocher vers celui qu'il suivait.

Juan précisément, hébété par la double agitation des toros de fuego, regardait tout cela un sourire d'enfant aux lèvres. Il subissait la fête, gorgé d'alcool, recru de fatigue, abruti de bruit, mais enivré de fierté de son geste héroïque. Il avait cessé de déambuler au hasard et profitait du spectacle des deux toros de fuego pour souffler un peu.

Michel l'avait enfin repéré et avait l'intention de s'approcher de lui. Il lui fallait aussi sortir son pistolet et l'armer. Le coup de feu passerait inaperçu au milieu de tous les pétards. Il glisserait le canon du pistolet dans le cou du toro, le pousserait dans le trou de la narine de la figurine en carton. Et de la même manière que Juan avait tiré à travers le panier de friandises pour camoufler son geste, lui tirerait au travers du nez de l'animal.

Cette pensée lui fit soudain comprendre qu'il était peut-être bien entré en compétition avec Juan, comme Juan l'avait suggéré.

Il lui fallait être très près de la cible, idéalement tirer à bout portant. Cela éviterait que les gens ne voient le coup partir.

Il avait déjà eu l'occasion de s'approcher à moins d'un mètre de Juan, mais il n'avait jamais pu l'avoir dans son champ de tir. Il comprit alors que, dans son mouvement continu, il lui faudrait faire une pause, pour légère qu'elle soit, avant de tirer, sinon il n'était absolument pas sûr de toucher celui qu'il viserait.

Il travaillait donc à se rapprocher à nouveau de Juan. Cela accaparait tous ses efforts. Il lui fallut faire plusieurs grands cercles et il avait un peu perdu la notion de l'endroit exact où il était lorsqu'il vit Marco près de Juan, à deux mètres de lui.

Il se saisit de son pistolet qu'il planta dans la narine du toro et mit le doigt sur la détente. En faisant cela, il dut lâcher l'un des deux supports avec lesquels il tenait la structure posée sur les épaules. Il fut un peu déséquilibré mais parvint malgré tout à redresser d'une main le toro de fuego dans une position correcte. Juan était là, il s'en rapprochait. Soudain la bouche de Michel fut sèche. Il déglutit avec peine. Il mit le doigt sur la détente.

Au moment où il tirait, le deuxième toro vint le percuter légèrement par l'arrière, comme cela était déjà arrivé. Michel n'avait ni vu ni prévu cela. Son coup partit mais dans la mauvaise direction. Personne ne remarqua quoi que ce soit. Lui-même vit Juan toujours debout, fasciné par le spectacle de ces deux toros devant lui.

Michel se rendit compte que l'opération avait manqué. L'idée l'effleura de faire une deuxième tentative, mais il comprit bien vite que cela était irréalisable et périlleux. Il avait maintenant perdu de vue Juan. Il avait en fait intérêt à déguerpir le plus vite possible.

Sans chercher à comprendre ce qui s'était passé, il fit volte face, effrayant un tas de touristes qui s'approchaient du toro par l'arrière pour le toucher et qui s'éparpillèrent en poussant mille cris. Certains tombèrent à la renverse, et Michel faillit trébucher sur eux, mais il fut secouru par quelqu'un qui l'empoigna et l'entraîna loin.

Marco qui avait tout vu et tout compris venait de prendre la direction des opérations. Ils quittèrent la place et se dirigèrent droit vers la rivière. Une fois sur la rive, Marco lui dit :

- Enlève-moi tout ça !

Il se saisit de l'accoutrement et le jeta dans la rivière. Puis ils s'éloignèrent à grands pas. Au bout d'un moment, ils entendirent les hurlements stridents des sirènes d'une voiture de police suivie d'une ambulance qui venaient en sens inverse.
- Tu as touché quelqu'un. Une femme qui s'est écroulé par terre. Personne n'a rien remarqué sur le champ. Mais ils ont déjà dû se rendre compte de ce qui s'est vraiment passé.

Marco continuait :
- Je te signale que tu as failli me toucher. Cette femme était devant moi.

Michel sentit le reproche tacite dans la remarque de Marco. Il n'était pas fier de son acte. N'est pas Juan qui veut pensa-t-il.

Chapitre 26

Ils avaient rejoint le blockhaus où Jennifer les attendait anxieusement. Myriam se jeta dans les bras de son amie et éclata en sanglots. Thierry et André s'éloignèrent et firent quelques pas en direction de l'océan.

Ils marchaient les deux en silence. Chacun voulait parler mais attendait que l'autre commence. Finalement, Thierry lâcha :
- Qu'est-ce qui s'est passé exactement ?

André attendit quelques secondes avant de dire :
- On est vraiment dans la merde. On a intérêt à décamper d'ici tout de suite.
- Mais pourquoi ?
- Il y a eu une bagarre.
- Quoi ?
- Je suis arrivé juste quand les choses tournaient mal pour Myriam. Je n'ai pas eu à me poser de questions. J'ai été obligé d'agir sur le champ.
- Qu'as-tu fait ?
- J'ai aidé Myriam à se débarrasser de ces deux types.
- Et dans quel état sont-ils ?

Il reprit, après quelques secondes d'un très lourd silence :
- Je ne sais pas exactement. Quand on est partis, ils ne bougeaient plus.
- Tu les as tués ?
- Je ne pense pas. Mais je ne peux pas en être sûr. Ces types sont probablement des petits voyous du coin. Pas très recommandables. Quant à nous, il nous faut disparaître.
- C'est plus qu'évident. Mais tu sais qu'avant, on a des comptes à rendre.

- Oui, je sais. Il faut partir tout de suite et régler tout cela.
- On ne peut pas y aller cette nuit.
- Et pourquoi ?
- Ce soir, il y a les fêtes à Bayonne. Ce n'est pas une bonne idée.
- Explique !
- Mais parce que la sécurité routière est renforcée partout dans la région. Il y a des contrôles sporadiques. C'est la pire saison de l'année pour voyager en voiture. On ne peut pas risquer de se faire prendre ainsi.
- Très bien. Mais on part quand même vers le sud tout de suite. C'est trop chaud par ici. J'appelle Konstantin à Biarritz pour le prévenir.
- Il est en train de dormir. Tu vas le réveiller.
- C'est une urgence, non ?

Il sortit son téléphone portable et composa un numéro. Après quelques sonneries, une voix répondit.

- Allô, qui est à l'appareil ?
- Equipe 4. On demande un rendez-vous. On est prêt à rentrer.
- Où êtes-vous ?
- Dans la région de Soustons, près de la côte.
- Ne venez pas ici. Vous devez rester dans les Landes. Vous pouvez vous rapprocher et descendre jusqu'à Ondres Plage. Je vous y retrouve demain dans la matinée. Je vous recontacterai.

La conversation était terminée.

- Alors ?
- Rendez-vous demain matin à Ondres Plage. Tu connais ?
- Oui ! C'est à environ 9 kilomètres au nord de Bayonne. Une plage magnifique, tu verras.
- On n'est pas là pour faire du tourisme !

- Je connais une planque dans cette région. On pourra y passer le reste de la nuit et attendre en toute sécurité.
- Il faudra d'abord y arriver et pour cela, prendre la route des lacs, et éviter la Nationale.
- La première chose est de récupérer la marchandise.
- Oui, mais n'oublie pas non plus les petites Anglaises.
- Il faut qu'on se débarrasse d'elles.

Thierry regarda intensément André.
- Que veux-tu dire exactement ?

Il s'était arrêté. L'autre se retourna et lui dit :
- Qu'est-ce que tu es con alors ! Tu crois que j'ai imaginé …

Il secoua la tête de gauche à droite. Puis continua :
- On va vers Bayonne. C'est là qu'il faudra nous séparer d'elles. D'ailleurs, elles ont dit qu'elles y avaient des amis. Mais on ne doit pas continuer avec elles. Elles sont devenues des boulets pour nous.
- Je te rappelle qu'on n'a plus de voiture. Comment va-t-on aller jusqu'à Bayonne avec les Anglaises et le chargement, hein ?
- J'y ai pensé aussi. On n'a qu'une seule solution. Il faut piquer une bagnole.
- C'est pas le meilleur moyen de passer inaperçu.
- Et alors, tu as une meilleure idée peut-être ?

L'autre marmonna quelque chose mais ne répliqua pas. Il n'avait pas d'autre solution.

Ils revinrent au blockhaus et annoncèrent aux filles le départ immédiat. Celles-ci parurent soulagées en entendant qu'on prenait la direction de Bayonne. Ils se mirent en marche.

Ils quittèrent la côte et s'enfoncèrent dans la forêt. Ils traversaient des clairières et suivaient des sentiers, perdus dans l'immensité boisée qui les entourait de tous côtés. La scène était plutôt lugubre et les filles se tenaient par la main.

André menait la marche et guidait le groupe à l'aide d'une petite lampe de poche. Après plus de deux heures, les filles commencèrent à se plaindre. Elles étaient fatiguées et avaient de la peine à marcher.

Les réverbères d'un village se profilaient à quelque distance. Thierry et André décidèrent d'y voler une voiture. André qui s'y connaissait un peu laissa partir les trois autres qui traversèrent la bourgade en silence. Il était convenu qu'ils l'attendraient à la sortie. André s'avança alors. Devant le panneau du village, il fit jouer sa lampe et put lire le nom de Messanges. Il se trouvait au nord de Vieux-Boucau-les Bains.

Il flâna un moment dans les rues, cherchant un véhicule. Il y avait plusieurs voitures et il se demanda si, par hasard, il en trouverait une ouverte. Cela lui éviterait de forcer la porte.

Il commença à tester les poignées, en faisant le moins de bruit possible. Mais toutes les portes qu'il essayait étaient fermées.

C'est alors qu'il commençait à se décourager qu'il trouva un hayon entrouvert. Il se glissa à l'intérieur mais ne put empêcher que le hayon se rabatte derrière lui d'un bruit sec. Son coeur se mit à battre plus fort et il tendit l'oreille.

Un chien commença à aboyer. André passa sur le siège avant sans attendre, alluma sa lampe et se pencha sous le volant. En un tour de main, il avait connecté les fils et le moteur se mit à tourner doucement.

Il embraya et avança lentement. L'aboiement du chien n'avait apparemment réveillé personne. Il arriva ainsi aux abords du village et embarqua les trois autres qui l'attendaient sur le bas-côté.

Les filles passèrent derrière et Thierry se mit à côté du chauffeur qui alluma les lumières et lança la voiture.

- On est à Messange.

- Oui, et alors ?
- On sera au hangar dans moins de trente minutes. Et après, on file droit vers le sud, jusqu'à Ondres.

La voiture suivait une petite route goudronnée en direction du nord. Les deux garçons gardaient le silence cependant que les filles se serraient l'une contre l'autre.

Après une quinzaine de minutes, un panneau apparut.
- Léon ! On est arrivé.

André ralentit et s'engagea dans une piste forestière qui les éloigna de la route. La voiture cahotait et les remuait constamment.
- Ralentis !
- Je vais déjà lentement. C'est cette piste qui est mauvaise. Je n'y peux rien.

Finalement, il arrêta la voiture et sortit ainsi que Thierry qui dit aux Anglaises :
- On revient tout de suite. Ne vous inquiétez pas.

Puis leurs formes disparurent dans la nuit et seule la clarté du faisceau de la lampe d'André indiqua quelque temps la direction par laquelle ils étaient partis.

Au bout de quelques centaines de mètres, ils virent une sorte de cabanon dont ils poussèrent la porte qui s'ouvrit sans difficulté. La lampe révéla un amas de vieilleries entassées les unes sur les autres.

Thierry se dirigea vers l'angle gauche du hangar, s'agenouilla et entreprit de soulever une plaque posée sur le sol. Il retira deux sacs à dos noirs d'une cachette que recouvrait la plaque.

André prit le premier sac qu'il ouvrit. Il en sortit plusieurs paquets de poudre blanche.
- Contrôle le contenu de ton sac et compte les sachets !

Chacun se mit en devoir de faire l'inventaire de son sac.
- Le compte est bon ! Et toi ?
- Moi aussi.

Ils refermèrent les sacs qu'ils chargèrent sur leur dos et repartirent en direction de la voiture où les filles les attendaient impatiemment.
- Et maintenant, plein sud dit Thierry alors qu'il s'installait à côté du chauffeur.

Ils reprirent la route en sens inverse. Pendant de longs kilomètres, ils durent emprunter des chemins de forêt pour éviter le village de Messange.

Enfin, ils rejoignirent la route le long de la côte et passèrent d'autres villages en gardant toujours le cap sur Capbreton Hossegor.

Chapitre 27

Juan se réveilla lorsqu'il sentit des gouttes de pluie tomber sur ses joues. Lentement, il émergea de ses brumes, ouvrit difficilement les yeux et se retrouva dans un paysage de désolation complète : la rue si animée la veille était complètement déserte à l'exception de quelques chiens qui s'affairaient autour des détritus.

Il faisait une clarté blafarde en ce début de matinée et la lueur du jour parvenait difficilement à percer le rideau de nuages bas. Des miasmes morbides se dégageaient des caniveaux et cela le fit se courber en deux, dans l'attitude de celui qui est au point de vomir.

De plus, un mal de crâne aigu doublé d'une douleur gastrique le maintenait dans cette pose immobile et tendue. Des pans de journaux détrempés, des paquets de cigarettes vides, des canettes cabossées jonchaient le sol. Un silence étrange régnait sur la ville.

Il ne savait pas exactement où il était. Il se souvint soudain de sa soirée reggae à l'ambiance surréaliste, de cet individu avec qui il avait fumé quelques joints, un certain Gabriel, un drôle de gars, docteur en littérature paumé en plein 21e siècle, qui l'avait entretenu pendant un bon quart d'heure sur Segalen, un écrivain dont lui n'avait jamais entendu parlé. Gabriel avait écrit une thèse à son sujet et s'efforçait de décrypter le monde à la lumière des ouvrages de cet écrivain.

S'il avait mal au crâne en ce moment, c'est à cause de cette soirée où il s'était laissé aller, saoulé par la bière blanche et captivé par le bagout de ce hippie sympathique mais à l'influence délétère.

Il pensa à Amparo. Il se souvenait vaguement être allé la voir. Retourner chez elle pour se reposer n'avait aucun sens, car il lui fallait maintenant quitter la région, comme le lui avait conseillé Michel, et disparaître au plus vite. Il pensait passer en Espagne et aller se terrer dans une petite localité de Castille, au fin fond d'une sierra qu'il connaissait bien et où personne n'irait le chercher.

Comme la pluie augmentait, il finit par se lever, à la recherche d'un abri. Il se mit à chercher des repères pour savoir où il était. Il suivit machinalement la rue étroite où il se trouvait. Il allait au hasard, toujours dans la même direction.

Entrer dans un bar lui paraissait maintenant impensable et compromettant. Dans l'euphorie de la fête, il était protégé par la foule qui le rendait anonyme alors que ce matin, il se sentait vulnérable, visible, voire reconnaissable.

Il se remémora soudain ce qui s'était passé lors du toro de fuego. Il avait été captivé par la féérie du spectacle et il avait, l'espace d'un instant, cru voir double car un deuxième toro de fuego était apparu. Il avait frotté ses yeux pour bien se rendre compte qu'il ne rêvait pas. Les deux toros étaient très proches de lui, virevoltant d'une manière très harmonieuse. Il y avait un tel tintamarre qu'il lui avait semblé, à un certain moment, ne plus rien entendre, jusqu'à ce terrible mouvement de foule, ces cris de peur et cette débandade générale.

Bousculé dans la panique collective, incapable de tenir sur ses jambes, il était tombé et la foule, dans la fuite générale, lui était passé sur le corps et l'avait écrasé.

Il se souvenait d'une femme étendue sur le sol et autour de laquelle quelques hommes s'affairaient. Il s'était assis sur son séant, et avait observé la scène. Personne n'avait prêté attention à lui. Il s'était remis difficilement sur pied et avait quitté la place alors qu'ambulance et policiers arrivaient au bruit de leurs sirènes stridentes.

Il se mit à frissonner soudain.

Il me faut trouver un abri le temps de reprendre des forces.

Il avança donc et reconnut l'église Saint-André dans le quartier du petit Bayonne, entre Nive et Adour.

Il marcha sans trop réfléchir vers le parvis. Quelques personnes se pressaient à l'entrée de l'église pour le service religieux de 9 heures. Des mendiants faisaient le pied de grue à la porte d'entrée, tendant leur sébile vers les fidèles. Il les ignora et se faufila à l'intérieur où il se sentit tout de suite mieux, dans l'atmosphère douce de la nef où régnait un calme majestueux auquel se mêlait une odeur d'encens.

Il resta vers le fond et avisa un confessionnal vide dans une chapelle latérale. Il s'approcha et se glissa à l'intérieur, rabattant la porte derrière lui. Alors que la messe commençait, il s'endormit profondément après s'être calé le plus commodément possible…

- Vous ne pouvez pas rester là, mon brave ! Je dois assurer les confessions avant la messe de 11 heures.

Il ouvrit les yeux et vit un ecclésiastique qui le secouait doucement. Il se remémora soudain où il était. Il avait apparemment dormi pendant un certain temps qu'il évalua à environ une heure.

Il s'extirpa de l'espace étroit où il s'était lové et s'en fut en zigzagant à travers le bas-côté de l'église, sous l'œil inquiet du prêtre.

Lorsqu'il déboucha dans la nef principale, il se rendit compte que presque toutes les chaises étaient occupées et les gens se pressaient vers les bas-côtés pour pouvoir trouver une place assise.

Comme tous les dimanches matins, la grand-messe allait être célébrée en basque. Mais en ce jour de fête, une immense foule se rendait au service religieux selon une coutume bien établie. Cette messe était si courue que l'église ne suffisait plus à contenir la foule des fidèles qui débordait sur le parvis.

Même s'il avait voulu sortir de l'église en ce moment, Juan, dans l'état de faiblesse qui était le sien, n'aurait probablement pas pu se frayer un passage et avancer à contre-courant dans le flot continu qui obstruait la porte d'entrée. Aussi, il se plaqua contre le mur du fond de l'église, réfléchissant à la meilleure stratégie à adopter. Son esprit se brouillait, il avait du mal à savoir que décider et surtout il ne comprenait pas ce qu'il faisait en ce lieu, pratiquement prisonnier de la situation, écrasé par la foule énorme qui emplissait lentement les bas-côtés de l'église.

Il se redressa et se tint droit comme un automate puis se mit à avancer lentement vers le chœur. Il vit une chaise libre, en bout de rangée, derrière un pilier qui bloquait la vue de l'enfilade de la nef centrale vers le chœur mais décida de s'y asseoir, le temps de se reposer un peu.

C'est alors qu'explosa l'orgue dans un rugissement qui fit vibrer les vitraux. En même temps, l'assistance se leva à l'approche du célébrant qui avançait dans la nef principale par le fond de l'église.

Chapitre 28

Les premières maisons d'une localité apparaissaient, au milieu de pins majestueux. Bientôt surgit, au milieu de son écrin de forêt, un lac sur lequel se reflétait la lune.
- Wow ! C'est beau par ici.
- C'est le lac d'Hossegor !

La route longeait le lac. La marée était descendante et Thierry voyait l'eau refluer vers l'océan.

Dans le centre de la ville, tout était tranquille. Quelques rares voitures roulaient au pas. Ils continuèrent sans se presser, et suivirent les panneaux pour aller à Capbreton.
- Après Capbreton, c'est Labenne. Je pense qu'on doit s'arrêter bientôt et ne pas prendre de risques.

Ils étaient en train de longer un port de plaisance. On distinguait les formes d'une multitude de bateaux au milieu des reflets de la lune sur l'eau qui scintillait doucement.
- Alors, on fait quoi ?
- Je réfléchis.
- Tu vas droit sur la plage de Capbreton, je te signale.
- Je sais. On va s'y arrêter un moment. Je dois te parler.

André gara la voiture sur un parking souterrain en bordure de mer. Les Anglaises dormaient sur le siège arrière. Les deux hommes sortirent sans bruit. Quelques marches les amenèrent au bord de la plage.

Une structure en bois s'avançait droit dans la mer.
- C'est l'estacade. Tu vois, elle est faite en madriers posés en claire-voie.

Ils l'empruntèrent. Sous eux, ils pouvaient voir les rochers et l'eau entre les madriers.

Arrivés au bout de l'estacade, là où un petit phare envoie des signaux aux bateaux pour signaler l'entrée du canal vers le lac d'Hossegor, ils s'appuyèrent au parapet, en faisant face à la terre.

Il n'y avait presque pas de vagues et un léger clapotis venait battre contre les poteaux de la jetée.
- On ne peut pas aller jusqu'à Ondres avec la voiture.
- Pourquoi donc ?
- C'est trop dangereux car elle va bientôt être signalée à la police. De plus, la route de la côte s'arrête à Labenne. Au-delà, il faut prendre la route principale, ce qui est trop dangereux avec ce qu'on a dans la jeep.
- Alors, que proposes-tu ?
- Il faut abandonner la voiture par ici, près de Capbreton.
- On pourrait quand même se rapprocher au maximum de Labenne, non ?

André ne répondit pas tout de suite.
- Je connais une plage entre Capbreton et Labenne. Elle est accessible par voiture. C'est la plage de La Pointe. On peut se risquer à l'atteindre en voiture.
- Alors, va pour La Pointe !
- Ensuite, on pourra marcher le long de la plage jusqu'à Labenne. De là, il n'y a que 4 kilomètres de distance jusqu'à Ondres.
- Ce n'est pas rien, car on est chargés, ne l'oublie pas !
- Ce sera notre ultime effort. Ensuite, on pourra aller se reposer loin d'ici.
- Il faut abandonner la voiture.
- Tu as raison. On le fera à La Pointe.
- Il faut aussi larguer les Anglaises.
- Les larguer ? Je ne suis pas d'accord. Elles sont une bonne couverture pour nous.
- Plus maintenant. On arrive au but. On n'a plus vraiment besoin de couverture.
- Mais on ne peut pas les abandonner comme cela ! Elles ne sont pas d'ici, elles !

- Mais elles sont tout très près de Bayonne, qui est leur destination.
- Alors assurons-nous qu'elles arrivent à bon port !
- Et comment donc ?
- On demande à Konstantin de les amener en ville.
- Je ne pense pas qu'il appréciera cette idée.
- Mais ces filles ne savent rien de nos histoires.
- Sauf la bagarre sur la plage.
- Pour sauver l'une d'elles ! Je ne vois pas pourquoi cela serait un problème.
- Moi, je pense qu'une fois la marchandise remise, on peut les amener nous-mêmes jusqu'à Bayonne. On n'aura plus rien à cacher.
- Sauf que c'est nous-mêmes qu'il faudra peut-être cacher.
- Je propose qu'on rediscute de cet aspect plus tard.

Les deux hommes reprirent le chemin du retour. C'est alors qu'ils virent venir à elles les deux jeunes filles, l'air à moitié endormi.

- Regarde ! Elles ont quitté la voiture ! Et sans la fermer à clé probablement ! Tu te rends compte !

Thierry est déjà parti en courant et passe devant les deux Anglaises sans même un regard pour elles.

- Il va où ?
- A la voiture !
- Pourquoi ?
- Je sais pas. Il a besoin de quelque chose, je suppose.
- Où est-on ?
- On est en fait tout près de Bayonne.
- Bayonne ? Super ! On y va ?
- On va se rapprocher et dormir sur la plage et on ira à Bayonne demain.

Ils revinrent à la voiture. André prit le volant. Ils roulèrent sur la promenade maritime qu'ils longèrent jusqu'au bout avant de revenir vers l'intérieur du pays.

Après quelques kilomètres, Thierry montra du doigt un panneau :
- La Pointe !

André tourna aussitôt à droite et ils s'engagèrent sur une petite route qui partait vers l'ouest. Ils passèrent devant un restaurant et juste après franchirent un pont.
- Voilà le canal du Boudigau !

Ils continuèrent jusqu'à la dune qui cache l'océan. La route était devenue un sentier malaisé empli de trous et recouvert de sable.

André gara la voiture derrière un massif d'ajoncs. Deux autres voitures étaient garées sur ce terrain vague, mais il n'y avait pas âme qui vive en vue.

Ils descendirent de la voiture.
- On va laisser la voiture ici !
- Mais pourquoi ? demandèrent les Anglaises.

Les deux garçons se regardèrent.
- On a un rendez-vous un peu plus loin avec un ami. Il faut aller à pied jusque là.
- Encore marcher ! Nous sommes fatiguées !
- Ecoutez, on est tout près de Bayonne. Bientôt, vous pourrez retrouver vos amis.

Thierry avait ouvert le hayon et chargé un sac noir sur ses épaules. Les jeunes filles prirent aussi leurs sacs de voyage. André s'approcha de son équipier.
- Alors. Que proposes-tu ?
- Le mieux est de repartir à pied jusqu'au canal qu'on vient de franchir. Il y a une piste cyclable le long du canal. On peut marcher jusqu'à Ondres, c'est beaucoup plus facile et surtout plus discret que le long de la côte.

Avant de prendre le second sac noir, André vérifia qu'ils ne laissaient rien de personnel dans le véhicule. Puis il ferma la porte tout en laissant la clé dans la voiture et en baissant la vitre de la porte.

- Mais pourquoi fais-tu cela ?
- Pour aider un voleur à piquer la bagnole. Si quelqu'un a l'idée de voler la voiture, cela embrouille encore plus les pistes et nous met un peu plus à l'abri d'être retrouvés.

Il était content de son idée cette fois-ci. D'ailleurs Thierry lui-même semblait apprécier ce qu'il avait dit.

Ils avançaient dans la nuit, André en tête muni de sa lampe de poche. Il indiquait aux autres les accidents du terrain. Enfin, ils retrouvèrent une route et marchèrent les quatre de front.
- Quelle longue nuit, dit Myriam.
- Oui, longue et aussi bizarre.
- L'aube n'est plus très loin.

Ils arrivaient au canal. Ils tournèrent à droite juste après le pont, en suivant le Boudigau. Ils étaient sur une piste cyclable d'un mètre de large qui longeait le canal. Ils marchaient en suivant la direction plein sud.

Après une demi-heure de marche, ils arrivèrent à un pont qui enjambait le canal. La piste était à cet endroit très rétrécie. Alors qu'ils étaient sur le pont, André s'arrêta :
- Nous sommes en train de passer sur la Commune d'Ondres.
- Et alors ?
- Eh bien, cela signifie qu'on s'approche du but, la plage d'Ondres.
- On peut s'arrêter ? Je suis fatiguée dit Myriam.

Ils traversèrent le pont et s'assirent par terre, adossés à un tronc mort. Le silence était profond. On n'entendait rien.
- C'est normal qu'on n'entende rien ?
- Tout le monde dort. Et surtout les touristes. S'ils ont fait la fête pendant la nuit, maintenant, ils sont rentrés et ne se lèveront que vers midi.

Comme pour contredire cela, on entendit soudain le bruit de plusieurs vélos qui arrivaient sur la piste en jouant de leurs timbres. Des rires fusaient.
- On n'est pas seuls en apparence.

Ils virent de loin plusieurs points lumineux puis défila devant eux une bande de jeunes qui filaient à toute vitesse entre les arbres, en faisant un maximum de bruit.
- Ici, ils ne gênent pas grand-monde.
- Sauf nous. Et dire qu'on voulait être discrets !

Ils reprirent leur marche. André commençait à souffler dur sous le poids de son sac.
- Ça va ? Tu vas y arriver ? lui demanda Thierry.
- J'espère. On approche de la route de la plage d'Ondres. Après, il y a encore un petit bout jusqu'à la dune.

Enfin ils arrivèrent à l'embranchement annoncé. On tourna à droite. Il y avait maintenant des masses sombres qui indiquaient des maisons en continu sur le côté gauche de la route. Il ne faisait pas encore jour et on ne pouvait que les deviner au milieu des arbres. Ici et là, on voyait des lumières. Les gens commençaient à se lever.
- Il faut arriver à la plage avant le jour. On pourra aller se planquer dans les dunes en attendant le rendez-vous.
- Non, je connais un endroit parfait pour attendre. Mais pas sur les dunes. C'est trop visible.

Après un ultime virage, on devinait que la route s'avançait en ligne droite entre deux rangées de pins pour s'allonger jusqu'au lointain.
- Là-bas au fond, c'est la plage et la fin de notre marche.
- Enfin ! dit Myriam. Je n'en peux plus.
- Une fois là-bas, vous pourrez dormir autant que vous voudrez.

Et ils repartirent de plus belle. Il faisait toujours nuit mais dans leur dos, le ciel commençait à rosir légèrement. Ils pouvaient distinguer les formes des villas de part et d'autre de la route.

On franchit un giratoire, puis une colonie de vacances. Les voitures des moniteurs étaient garées en désordre. Une petite montée suivie d'une descente les amena au pied de l'ultime montée vers la dune.

- A droite, il y a le camp militaire des Allemands utilisé pendant la guerre. Mais nous, on va à gauche.

Ils franchirent la route à la file indienne. Le ciel rosissait de plus en plus à l'est. André s'avança sur le sable semé de lichens à la recherche d'un sentier. Enfin, il trouva ce qu'il cherchait et ils disparurent entre des massifs d'immenses ajoncs. Le sentier longeait la lisière de la forêt. Une centaine de mètres de sable les séparait de la dune qui surplombe la mer. On pouvait voir quelques maisons sises sur le bord de la dune.

- Mais on s'éloigne de la plage d'Ondres !
- Je sais. Je connais un endroit pour se reposer. On retournera à la plage pour prendre un café quand le bar sera ouvert.

En effet, après quelques centaines de mètres, ils s'arrêtèrent devant une palombière.

Chapitre 29

Yako s'était levé tôt. Tout le monde dormait encore dans la suite lorsqu'il sortit dans le couloir. Il descendit et s'arrêta pour boire un café à *la Rotonde*. Ce magnifique restaurant situé dans l'Hôtel du Palais et d'où l'on voyait l'océan en un panorama de 180 degrés était conçu pour se perdre dans le bleu de l'horizon.

Il n'y avait alors personne dans la somptueuse salle, sauf un couple affairé à se dévorer des yeux dans un coin, sous l'immense tableau de l'impératrice Eugénie.

Yako se disait que jouir seul d'un pareil endroit, cela était un luxe princier. D'ailleurs, c'est par déférence à l'Impératrice Eugénie et par admiration pour Napoléon III qu'il avait choisi cet hôtel. Il jeta un regard sur le portrait géant de l'Impératrice qui semblait le regarder avec bienveillance. Il se sentit soudain en confiance.

Il déplia son journal, bien calé dans une chaise à accoudoirs. Il but son café à petites gorgées en se remémorant ce que lui avait dit le serveur :
- Vous êtes assis à l'endroit où avait coutume de s'asseoir l'Empereur.

Il jeta un regard circulaire et ce qu'il vit le conforta dans l'idée que peut-être le serveur disait vrai après tout. Il connaissait bien la servilité de ces gens prêts à tout pour plaire aux gens riches mais il n'en restait pas moins que Napoléon III avait bien fait construire ce Palais, y était venu et s'était plus que probablement assis dans ce restaurant. Et comme lui, Yako, avait choisi la meilleure place, eh bien oui, il était très vraisemblablement à la place de l'Empereur !

Cette certitude lui fit prendre une profonde inspiration et il se sentit empli d'un sentiment de grande satisfaction.

Il plia le journal sur ses genoux et ferma les yeux. L'Empereur ! Rien que ça, se disait-il. Et après tout pourquoi pas ? Pourquoi pas moi ?

Il se mit à fantasmer à des choses indicibles, à des coups d'état dans lesquels il jouait un rôle majeur qui débouchait sur une prise du pouvoir par la force. Il y avait tant d'exemples de grands hommes qui ne seraient jamais arrivés à rien sans forcer un peu le destin ! Il avait maintenant la richesse ou au moins était en train de l'acquérir, il ne lui manquait plus que le pouvoir.

Ah ! Le pouvoir ! Et il s'étendit dans sa chaise, les jambes allongés, les bras en extension au-dessus de la tête dans une pose relaxante lorsque son oreille saisit quelques mots chuchotés à quelques mètres de là :

- Je t'assure que oui. C'était hier matin. Sur la Grande Plage !
- Mais qu'est-ce qu'il y a eu ?
- Un meurtre, avec un cadavre qui ruisselait le sang. Y en avait partout sur la poitrine. C'était horrible à voir.

L'entrée du maître de service interrompit sur le champ l'échange entre les deux employés mais

Yako ne pouvait s'empêcher de penser à ce qu'il venait d'entendre.

C'était tout de même troublant ! Il se remémora alors le fait que son fils se promenait hier sur la Grande Plage. Il aurait pu voir cette scène, même y être mêlé... Cette pensée lui devint insupportable et il se leva brusquement. Le journal tomba.

Le serveur se précipita et ramassa *le Figaro* qu'il tendit à Yako en s'inclinant.

- A propos mon ami, est-ce bien vous qui avez été témoin d'une scène violente sur la Grande Plage ?
- Oh non, Monsieur. Je n'ai été témoin de rien du tout, car je suis juste arrivé après l'action.
- Ah oui, je comprends. Et qu'avez-vous donc vu ?

L'homme jeta un regard par-dessus son épaule. Il ne craignait pas d'être surpris en train de parler avec un client. Non, il craignait simplement que l'on entende ce qu'il hésitait vraisemblablement à dire. Aussi baissa-t-il la voix.
- Eh bien, je faisais mon jogging comme chaque matin, le long de la mer, lorsque j'ai remarqué un attroupement sur la plage. La police est arrivée tout de suite et personne n'a pu s'approcher.
- S'approcher de quoi ?
- D'un corps qui gisait sur le sable. Oui, on a découvert un homme, la poitrine déchiquetée par une arme à feu.
- Et où cela s'est-il produit ?

L'homme s'avança vers la baie vitrée et indiqua le casino.

Au niveau du casino, côté sud.

Il allongea le bras et indiqua la plage de sable.

Exactement où était mon fils hier, se disait Yako en lui-même.
- Et qu'est-ce qu'on sait de plus à ce sujet ?
- Malheureusement bien peu pour le moment.

Yako hocha la tête, méditatif, pendant que l'employé s'esquivait après une rapide courbette. Puis il sortit de l'hôtel, fit signe au taxi stationné devant l'entrée et s'engouffra à l'arrière.
- A la patinoire d'Anglet !

Puis il se rencogna dans son siège et essaya de se remettre à lire *le Figaro*. Mais son esprit n'arrivait pas à se concentrer tant il était préoccupé par le meurtre sur la Grande Plage.

Chapitre 30

Bob Rossier avait décidé de prendre son petit déjeuner place Georges Clémenceau. Il affectionnait particulièrement cet endroit où passait une multitude de femmes élégantes dont la vue lui mettait du baume au cœur.

Il s'attabla à la terrasse extérieure et commanda un grand café crème et deux croissants au beurre. Il savait que ce n'était pas là un régime très sage, mais il décida qu'en vacances, il pouvait tout de même se relâcher un peu.

Confortablement installé à sa table, il jouissait du soleil matinal et demanda au garçon de lui apporter *Sud-Ouest Dimanche*.

C'est au moment où il avalait sa première bouchée de croissant qu'il déplia le journal : le titre en première page le fit presque s'étrangler : *Panique à Biarritz : meurtre sur la Grande Plage*.

Il se plongea dans la lecture de l'article en oubliant son café crème qui refroidissait dans sa tasse. L'article donnait peu de détails sur le meurtre mais jouait sur la corde sensible : de mémoire de Biarrot, on n'avait jamais vu pareille chose.

Et moi qui cherchais un endroit anodin pour mes vacances se disait Bob en lui-même.

Il pensa soudain à Solange et entreprit de l'avertir de la nouvelle. Il l'appela sur son portable et laissa sonner jusqu'à ce qu'un disque lui dise que sa fille n'était pas actuellement joignable. Il lui laissa le message de le rappeler.

Il se leva après avoir réglé et se dirigea presque inconsciemment vers l'océan. Il descendit les marches qui longent le Casino sur sa façade sud et se mit à étudier la topographie du lieu. Mentalement, il était déjà en train de calculer l'itinéraire possible du tueur, à la lumière des renseignements donnés dans le journal.

C'est ainsi qu'il arriva au haut des quelques marches qui descendent vers la mer. Un passage presque obligé pour tout individu revenant de la plage, et donc l'endroit par où le tueur est remonté, se disait Bob.

Il avisa alors, à l'angle du Casino, l'entrée de la salle de jeux gardée par un gorille en cravate. Il s'approcha de lui :
- Bonjour !
- Bonjour Monsieur ! Voulez-vous entrer ?
- Non, pas vraiment. Je voulais juste vous demander un renseignement.
- Je vous en prie.
- Voilà, c'est au sujet du meurtre d'hier. Il a eu lieu près d'ici. Savez-vous exactement où cela s'est passé ?

L'homme eut un petit mouvement d'hésitation avant de répondre :
- Certainement, car les équipes de police ont fait un tel ramdam pendant tout l'après-midi qu'il aurait fallu être aveugle pour ne rien voir !
- Et c'était loin d'ici ?
- Non, tout près.
- Pourriez-vous me montrer exactement où ?

Devant le manque d'entrain de son interlocuteur, Bob plongea la main dans sa poche intérieure et présenta sa carte en disant :
- Service de presse.

Le malabar héla un collègue à qui il demanda de le remplacer quelques instants. Puis il partit d'un pas vif vers la plage.

Après avoir descendu les marches, il se dirigea droit vers la mer et après une quarantaine de mètres, s'arrêta soudain.
- Voilà monsieur. C'était ici.

Il lui indiqua un endroit précis sur le sable.

- Comment pouvez-vous être si sûr ? Je ne vois aucun indice d'aucune sorte.
- Les indices, je les ai dans l'œil.
- Ah oui ? Eh bien alors, expliquez-moi !
- Eh bien, je suis venu sur la plage lorsque la police y était. J'ai mentalement noté que le lieu d'investigation était exactement dans la continuation des marches.

Il se tourna vers le Casino en indiquant la direction est, puis se tournant vers le sud :
- Et dans cette direction, au niveau de la deuxième fenêtre du Bellevue, vous voyez, là, cet immense bâtiment aux volets bleus.
- Vous avez un sens aigu de l'observation.
- C'est mon métier, non ? Je travaille dans la surveillance. On peut même dire que c'est une déformation professionnelle.

Bob ne put qu'approuver mentalement la justesse de cette remarque.
- Avez-vous remarqué quoi que ce soit d'anormal ?
- Pas vraiment.
- Quel est votre nom ?
- Je m'appelle Jean. Pourquoi ?
- On ne sait jamais. Nous pourrions être appelés à nous revoir.

Il ouvrit son porte feuilles :
- Voici mon numéro de téléphone. N'hésitez pas à m'appeler si d'aventure … Et merci.

Bob salua en ajoutant :
- Je crois que vous feriez un bon journaliste.

Puis il se dirigea vers la terrasse du Casino pour prendre un café qu'il espérait boire chaud cette fois-ci.

Chapitre 31

Le maire de Biarritz avait demandé à sa secrétaire Amaia de ne le déranger, le dimanche, qu'en cas de situation grave. Elle travaillait pour lui depuis de nombreuses années et connaissait parfaitement ses habitudes et son emploi du temps. Elle avait toujours respecté cette consigne. Mais aujourd'hui, elle décida que la situation exigeait de contacter son patron sur le champ.

Elle lui envoya un SMS dans lequel elle le suppliait d'arriver tout de suite à la mairie ; elle ne reçut aucune réponse. Aussi décida-t-elle de l'appeler directement sur son portable.

Après une première réaction de surprise, le maire voulut savoir pour quelle raison elle avait appelé.

Il n'avait rien compris aux explications confuses d'Amaia sinon qu'il y avait eu un grave problème sur la Grande Plage et que sa présence était nécessaire de toute urgence.

Il était alors arrivé précipitamment à son bureau. En montant les escaliers jusqu'au premier étage, il sentit comme une chape de plomb s'abattre sur le bâtiment vide. Il fut surpris de voir qu'il y avait d'autres personnes présentes. Même Titou, le concierge qui blaguait sans cesse, en l'apercevant, ne lui adressa qu'un mince sourire plus proche de la grimace en lâchant :

- Ah, Monsieur le Maire ! C'est affreux ! Affreux !

Dans le bureau, ils étaient trois à l'attendre, tous l'air abattu.

- Qui donc va m'expliquer ce qui se passe ? Pourquoi êtes-vous tous ici ? Un dimanche ?
- C'est moi qui les ai convoqués ! s'exclama la secrétaire du maire.
- Mais pourquoi ?

- Un drame ! Une vraie catastrophe ! continua sa secrétaire personnelle en se tordant les mains tant elle était nerveuse.

Exaspéré, le maire se tourna vers son second :
- Jeannot, soyez clair et dites-moi enfin ce qui se passe !

Le dit Jeannot s'éclaircit la voix en toussotant avant de dire :
- Eh bien voilà ! On vient de découvrir un mort sur la Grande Plage !
- Oh ! fit le maire en soulevant ses sourcils.

Il fit quelques pas dans la salle.
- Ceci est ennuyeux, très ennuyeux. Il faut aviser. Alors, voyons, est-il mort d'insolation ou bien d'hydrocution ?
- Ni l'une ni l'autre en fait. C'est beaucoup plus grave que cela.
- Comment ? Plus grave ? Expliquez-vous !
- Eh bien, heu, il a été … assassiné.
- Assassiné !

Le maire parut groggy pendant qu'il répétait sans cesse : sur la Grande Plage ! Assassiné !

Enfin, il sortit de sa stupeur pour demander :
- Mais … comment ?
- Avec une arme à feu !

Le maire se laissa glisser sur une chaise. Il se mit à suer et entreprit d'essuyer les gouttes qui perlaient sur son front pendant que Jeannot lui donnait les détails macabres de l'affaire.
- Et à quelle heure cela s'est-il produit ?
- Selon toute vraisemblance, en plein jour, vers la fin de la matinée.
- Comment pouvez-vous dire une chose pareille ? On n'assassine pas en plein jour, en pleine foule, en plein été, en pleine plage au centre de Biarritz !

Il s'était levé et arpentait le bureau dans tous les sens.

- Ce n'est pas possible ! Non, ce n'est pas Dieu possible !
- Cela peut paraître en effet invraisemblable, continua Jeannot. Mais il y a, dans cet acte, semble-t-il, un côté extravagant, le désir évident d'agir par bravade.

Le maire le regarda bizarrement pour indiquer clairement qu'il n'appréciait pas ce genre de remarque désobligeante.
- A-t-on des détails ? Et d'abord qui est la victime ? De qui s'agit-il ?

Il se rassit à son bureau. Les trois subordonnés se regardèrent tous embarrassés.
- C'est bien là le problème. Nous n'en avons aucune idée.
- Mais … la police ?
- La police ne sait rien. Voyez-vous, ce monsieur était sur la plage en petite tenue. Il n'avait que son maillot de bain. Pas d'habits, pas de papier. On a simplement retrouvé une clé sur lui, paraît-il.
- Et le tueur ? Hein ? Le tueur ? On a une piste ?

Jeannot leva ses deux mains en signe d'impuissance. Le maire regarda tour à tour chacun de ses subordonnés.
- On n'a aucun indice pour l'instant. Il semblerait que personne n'ait rien vu. Cela semble être l'affaire d'un professionnel.

Le maire, en proie à une vive agitation, se leva d'un bond et s'écria :
- Faites venir le chef de la police. Je veux voir l'inspecteur Labarthe ! Immédiatement !

Chapitre 32

Bob s'installa sur la terrasse des *Colonnes*, au centre de Biarritz. De là, on surplombe l'immense toit du Casino Barrière et, sur la gauche du bâtiment, on aperçoit une échappée sur le sable de la Grande Plage.

Il déplia son journal. Autour de lui, plusieurs hommes de gabarit impressionnant, apparemment des rugbymen, parlaient avec animation de l'équipe du Biarritz Olympique Pays Basque. Bobillier crut même reconnaître certaines anciennes gloires rugbystiques et tendit l'oreille pour cerner leurs propos.

L'inspecteur Labarthe avait donné rendez-vous à Bob à 10 heures du matin. Il était 9 heures 55 et Bob savait que l'inspecteur était très ponctuel. Pendant les nombreuses années où ils avaient vécu ensemble dans l'armée, il avait eu le temps de bien connaître son ancien collègue qui était devenu un de ses meilleurs amis. Aussi, lorsque Labarthe avait appris que Bob passerait ses vacances à Biarritz, il avait aussitôt décidé de le rencontrer.

- Coucou !

Bob releva la tête. Son ami se frayait un passage entre les tables.

Il se leva et les deux hommes s'étreignirent en s'esclaffant.

- Ah ben alors ! Quelle surprise ! Toi à Biarritz !

Ils commandèrent deux cafés et papotèrent un moment du bon vieux temps.

- Maintenant que je suis ici à Biarritz, je comprends pourquoi tu as voulu quitter la capitale. Mais Paris ne te manque pas ?
- Pas du tout. C'est quand même plus calme ici, tu sais.

Après quelques secondes, il reprit :

- Je n'arrive toujours pas à croire que tu es bien là. C'est une sacrée surprise.
- C'est une surprise pour moi. Il y a un mois, je n'avais aucune idée que je …

Il n'eut pas le temps de finir sa phrase. Une magnifique créature se pencha sur lui et déposa une bise sur sa joue. Labarthe en eut un petit accès de jalousie.
- Ah ! C'est toi ma chérie ! Je te présente l'inspecteur Labarthe. Henri, voici ma fille Solange.

Ils se serrèrent la main.
- Enchanté mademoiselle, et bienvenue à Biarritz !
- Merci monsieur Henri.
- Appelez-moi donc Henri. Cela ira tout aussi bien.

Ils s'assirent et Bob reprit :
- Donc je disais, juste avant d'être interrompu, – il jeta un regard à Solange – que c'est en fait grâce à mademoiselle que je suis ici.
- Je vous félicite pour votre choix mademoiselle. Venir au Pays basque démontre chez vous une dose évidente de bon goût.
- Ne va pas croire cela, lui dit Bob. Si elle est ici, c'est moins pour la beauté de la région que pour la couleur des yeux d'un jeune Basque.
- Et pourquoi cela ne démontrerait pas également du bon goût ? lui répliqua sa fille.

Henri sourit et il ouvrait la bouche pour parler lorsque son téléphone se mit à sonner.
- Excusez-moi dit-il en se détournant légèrement.

Bob et Solange se mirent à parler de leur emploi du temps de la journée mais durent s'interrompre car Henri s'était soudain levé en criant :
- Quoi ? Mais vous plaisantez !

Plusieurs clients se retournèrent, surpris par le bruit de l'inspecteur. Suivirent quelques secondes pendant lesquelles Henri Labarthe écouta son interlocuteur sans un

mot. Finalement, il raccrocha et se laissa tomber sur sa chaise. Il se tourna vers son collègue et lui dit :
- Excuse-moi, mais je viens de recevoir une mauvaise nouvelle.
- Personnel ou professionnel ?
- Professionnel.

Il ajouta, en baissant la voix cette fois :
- Imagine-toi qu'on a trouvé un cadavre … là-bas.

Et il pointa vaguement son doigt en direction de l'océan.
- Oui, je sais. C'est déjà dans la presse.

Et il ouvrit tout grand le journal en première page.
- Non, il ne s'agit pas de cela.

Il ajouta, en baissant ostensiblement la voix :
Je parle d'un nouveau cadavre.
- Un nouveau ! Qu'est-ce que c'est que cette histoire ?
- Labarthe eut un haussement d'épaules fataliste.
- Peux-tu nous dire où ?
- D'après ce qu'on m'a dit, ce serait arrivé vers le phare.

Bob émit un petit sifflement.
- Voilà qui promet, dit-il.
- Vous m'excuserez, mais je dois partir.
- Bien sûr ! Tu me recontactes quand tu auras le temps.
- Bien sûr. Au revoir, mademoiselle.

Ils se serrèrent la main et il s'échappa.

Chapitre 33

Lorsque l'inspecteur Labarthe frappa à la porte, le maire tournait dans son bureau comme un ours en cage.
- Ah ! Inspecteur ! Enfin vous êtes là !
- Oui, mais j'ai été retardé. J'ai dû aller faire un tour vers le phare …

Le maire ne l'écoutait pas et s'avança vers lui les deux mains tendues :
- Quel soulagement de vous voir ! Vous excuserez cette convocation un dimanche. Mais il y a urgence.

Il était si bouleversé qu'il marmonnait des choses un peu décousues :
- Une affaire très grave ! Un meurtre ici, chez nous, en plein Biarritz ! Très compliqué !

Puis, se reprenant et se tournant vers ses subordonnés toujours présents, comme pour les prendre à témoin :
- On nous nargue ! Vous vous rendez compte ! Un meurtre en plein été sur la Grande Plage ! C'est de la provocation ! Il faut savoir qui a fait cela !

Le maire s'assit et invita l'inspecteur à faire de même.
- C'est pour cela que je suis ici.
- Eh bien, vous avez carte blanche ! Débrouillez-vous, mais trouvez-moi vite le meurtrier !
- Cela s'annonce diablement difficile, annonça l'inspecteur.
- Je crois que j'ai une piste.

Ils se tournèrent tous vers celui qui venait de parler.
- Si vous savez quelque chose, Guilhèm, on vous écoute ! lança le maire.
- Oh ! Ce n'est rien de vraiment sûr, mais je voudrais émettre une hypothèse.
- Oui ?

- Et si c'était les Basques ?

Un silence de mort s'abattit dans le bureau. Personne n'osait bouger sauf le maire qui se dressa en rugissant de sa chaise.
- Mais qu'est-ce qui vous faire dire cela, hein ? Vous avez un indice, une piste ?
- Non, pas vraiment, mais il me semble …
- Taisez-vous ! Vous avez des idées aussi catastrophiques que celles du gouvernement espagnol. Vous avez oublié ce qui s'est passé avec Aznar ? On a bien vu où cela l'a mené, d'accuser les Basques. Il ne s'en est jamais relevé !

Le maire fit le tour de son bureau et se planta devant son subordonné :
- Avez-vous déjà vu des Basques se faire harakiri ?
- Harakiri ?
- Oui, harakiri. Poser une bombe sur la grande plage de Biarritz serait un suicide politique si cela provenait d'un Basque. Votre hypothèse est complètement nulle !
- Ce n'est pas ainsi qu'on va avancer dans l'enquête déclara le policier qui tournait dans ses mains un objet qu'il montra au maire en ajoutant :
- Voilà ce que nous avons comme piste.

Le maire se saisit de l'objet.
- C'est une clé !
- Oui, la victime l'avait sur elle au moment du meurtre.
- Une clé, c'est déjà beaucoup, se hasarda Guilhèm.

L'inspecteur se tourna vers ce dernier et lui demanda froidement :
- D'où êtes-vous, monsieur ?

Guilhèm déglutit avant de répondre à l'inspecteur :
- Je suis béarnais.
- Ah, ah ! Béarnais, hein ? Et vous vous y connaissez en criminologie ?
- Heu, à vrai dire, pas vraiment, mais …

- Ah, je vois. Vous n'êtes manifestement pas basque. Vous ne vous y connaissez pas en criminologie. Et quel est votre rôle dans la mairie ?
- Il est chargé du bureau touristique répondit le maire.

L'inspecteur hocha la tête avant de reprendre :
- J'aurais plutôt cru qu'il était en charge de la sécurité.

Le maire toussota avant de revenir au sujet de la rencontre :
- Il faut arrêter le meurtrier sans tarder. Mettez tout en œuvre, inspecteur. Activez vos indics. Imaginez le scandale si en plus on fait chou blanc. Les retombées sur la station seront désastreuses. On sera ridiculisé !
- Il ne faut pas paniquer. On n'est qu'au début de l'enquête.
- Le terrorisme au cœur de la station ! Cela va faire fuir nos touristes !
- Il y a peut-être un espoir, annonça l'inspecteur Labarthe. On suit une piste qui, elle, n'est pas basée sur des hypothèses.

Il lança un coup d'œil vers le prénommé Guilhèm.
- De quoi s'agit-il ?
- Une piste avec deux enfants.
- Deux enfants ? Vous vous moquez ? Ceci est l'œuvre d'un professionnel.
- Je n'ai pas dit que les enfants avaient commis le meurtre. Mais nous avons une preuve qu'ils sont les derniers à avoir parlé au meurtrier.
- Expliquez-moi donc !
- Nous avons analysé les films de la station météorologique du phare et …
- Mais bien sûr ! Les caméras du phare ! Quelle excellente idée ! Et alors ? Ces films ont révélé quelque chose ? Une piste ?

Le maire était tout ouïe.

- Une des caméras a filmé le meurtrier juste avant son acte apparemment. On le voit à peu de distance de sa cible, en conversation avec deux enfants.

Le maire avait l'air perplexe.
- On peut l'identifier ?
- Malheureusement, c'est difficile. Il porte des lunettes de soleil et une casquette à visière qui cache son visage.
- Et qu'y a-t-il d'autre sur ce film ?
- Les enfants sont ensuite repartis vers une personne adulte qui les attendait contre le mur du casino. Peut-être une complice.
- Vous n'imaginez tout de même pas que ces enfants sont dans le coup !
- Je n'ai pas dit cela mais on ne peut rien écarter.
- Il faut retrouver ces gens-là.
- C'est ce que nous essayons de faire. Mes hommes vérifient les pensions, campings et hôtels. Nous avons pu tirer des clichés assez bons des visages, surtout celui du petit garçon et de l'adulte.
- Il y aurait donc un complot et ce meurtre ne serait pas l'œuvre d'une personne isolée ?
- N'allons pas trop vite en suppositions.
- Mais quel peut être le rôle de ces enfants selon vous ?
- C'est difficile à dire. Sur le film, ils abordent l'homme pour lui acheter quelque chose. Mais pour moi, les enfants sont en dehors de tout cela.
- Ecoutez, inspecteur. Agissez vite ! Il nous faut des résultats !

L'inspecteur prit le maire par le bras et le tira à l'écart.
- Je dois vous voir seul, tout de suite.

Le maire, surpris, leva ses sourcils en signe de surprise.
- Maintenant ? Cela ne peut pas attendre ?
- Nullement.

Le maire congédia alors ses subordonnés et ferma la porte derrière eux.

- Je vous écoute, j'espère que vous serez bref.

L'inspecteur le regarda droit dans les yeux.

On a un gros problème. On vient de trouver un deuxième cadavre !
- Quoi ?

A cette nouvelle, le maire se laissa choir dans son fauteuil où il demeura prostré de longues secondes.
- Ce matin, très tôt, le gardien du phare a été attaqué par un inconnu qui était venu pour voler ces films. Ils se sont battus en haut du phare. Le gardien a pris le dessus, mais dans la lutte, le corps de l'assaillant est passé par-dessus la rambarde et s'est écrasé sur les rochers en contrebas.
- Mais, … c'est une catastrophe !
- Oui, mais ce le serait encore plus si ces individus avaient réussi à récupérer les films que nous avons, grâce au gardien.
- S'ils cherchaient à récupérer les films, cela veut dire que …

Le maire s'était mis à réfléchir mais Labarthe ne lui laissa pas le temps de terminer sa réflexion.
- Cela veut dire qu'ils craignent que nous découvrions des éléments compromettants.
- Vous avez quelque chose ?
- Nous sommes en train d'analyser tout cela. Je vous tiendrai informé, ne vous inquiétez pas.

Il allait sortir mais se ravisa et lança, sur le pas de la porte :
- Et quant au gardien du phare, on lui doit une fière chandelle. Je vous conseille de le récompenser comme il se doit. Car sans lui, on n'aurait aucune piste sérieuse actuellement.

Chapitre 34

Yako ne pouvait se concentrer sur son journal. Il était ennuyé par la découverte du meurtre sur la plage, plus à cause du danger que son fils avait couru que par le meurtre lui-même.

Il s'avouait que ce meurtre lui paraissait fort curieux. Puis il se mit à réfléchir à la réunion où il se rendait. Il allait revoir le dénommé Konstantin et se promit de lui demander des renseignements sur ce qui s'était passé sur la Grande Plage.

Le taxi longeait la côte. Les plages défilaient les unes après les autres. On dépassa le golf de Chiberta. Des maisons cossues entourées de pins maritimes vénérables se succédaient le long de la route.

Enfin le taxi s'arrêta en bordure de mer. L'entrée de la patinoire était juste devant Yako, mais, après avoir payé le taxi, il remonta vers le front de mer, fit le tour d'un MacDo et entra dans un restaurant élégant, La Plancha.

Il scruta les clients qui étaient présents et avisa un homme seul, un petit homme au front dégarni et aux yeux vifs. Il se dirigea vers lui.
- Bonjour Konstantin.
- Bonjour monsieur.

Il fit un signe de tête affirmatif et ils se serrèrent la main.
- Je propose de sortir et de marcher sur la promenade maritime.

Ils partirent en direction de Biarritz dont on voyait le phare dressé sur son promontoire à quelques kilomètres de là.
- Cette promenade peut nous amener jusqu'à la chambre d'amour, au pied du phare. C'est à quelques kilomètres d'ici.

- C'est magnifique, dit Yako en promenant son regard depuis le nord où une immense digue protégeait l'accès du port de Bayonne jusqu'au sud où se succédaient plusieurs plages de sable fin.

Enfin, il reprit :
- Vous savez pourquoi je suis ici. J'aimerais tout d'abord un résumé de la situation. Puis nous déciderons de la façon d'agir. Sachez que j'espère rester le minimum de temps dans la région et il faut que tout soit réglé dans les plus brefs délais.
- Je vous comprends bien.
- Je compte donc sur votre expérience et votre connaissance de l'affaire qui nous concerne.
- Je vais vous faire un bref topo de la situation.

Ils s'assirent sur un banc et après un rapide regard circulaire, Konstantin déplia une carte du Golfe de Gascogne sur ses genoux.
- La zone en question est en fait la même que celle qui était concernée, il y a quelques années, par le naufrage du *Prestige*. Le pétrole avait été retrouvé dans toute cette zone.

Il fit un large geste de la main qui passa sur toute la côte entre la Bretagne et la Galice.
- Aussi, nous avons étudié avec attention les dérives du fioul du *Prestige*, et on retrouve les mêmes recoupements entre la marée noire et maintenant la marée blanche.
- Eh bien cela a dû vous aider dans vos recherches !
- Enormément, et c'est pour cela que nous avons placé notre quartier général ici, à Biarritz, en plein centre du Golfe. C'est un endroit stratégique, à égale distance de la Galice et de la Bretagne. Notre rayon d'action va du Finistère breton au Cabo de Finisterre en Galice. C'est une distance énorme, plus de 2000 kilomètres. Et nous ne pouvons négliger aucune zone de ce demi-cercle gigantesque.

Yako écoutait avec attention et ne quittait pas des yeux la carte.
- Pouvez-vous me montrer les lieux de récupération de la marchandise jusqu'à aujourd'hui ?

Konstantin étendit la main sur la côte espagnole, à proximité de l'océan.
- Jusqu'à maintenant, la police a récupéré environ 600 kg de poudre en Espagne, principalement ici, ici et là.

Il marquait des petites croix au crayon rouge sur la carte.
- En France, les policiers ont récupéré jusqu'à 900 kg.

Il continuait son marquage impitoyable sur la carte qui se couvrait de plus en plus de rouge.
- Au total, Monsieur Kouznetsov, près de 1,5 tonne d'une cocaïne extrêmement pure.
- Je sais tout cela. Je l'ai lu dans les journaux. Ce qui m'intéresse, c'est la part que nous avons récupérée, nous !
- Vous serez content car la prise est assez conséquente, vu les difficultés. Vous imaginez que depuis le 21 janvier, date du premier ballot de 75 kg récupéré à Hendaye, la police a quadrillé toute la zone en lançant des patrouilles le long des côtes. Policiers et gendarmes ont montré beaucoup de zèle et ont compliqué passablement le travail de nos équipes depuis plusieurs mois.
- Alors, ce chiffre ?
- Eh bien, entre les côtes française et espagnole, nous avons, pour notre part, déjà récupéré près de 600 kg.

Yako se retourna vers la mer. Il calculait visiblement dans sa tête puis se retourna vers son interlocuteur :
- Ce n'est pas mal, mais ce n'est pas assez. Sachez, Monsieur Matzneff , qu'il y a encore quelque 400 kg qui sont soit à la dérive dans le Golfe, soit déjà entre les mains d'intrus.
- Je le sais, mais j''attends encore quelques livraisons de mes équipes. Nous n'avons pas arrêté nos efforts.

Cependant, entre les patrouilles de police, les junkies et les curieux, il faut faire attention à ne pas trop se faire remarquer.
- Parlez-moi de vos équipes.
- J'ai mis toutes les garanties de notre côté. Toujours deux coéquipiers qui ne se connaissent pas et ne se font donc pas confiance. Ainsi leur méfiance mutuelle annihile les velléités que pourraient avoir certains de nous doubler.
- Peut-on leur faire totalement confiance ?
- Nous verrons bien. Sachez que, outre les 600 kg récupérés, je compte encore réceptionner environ 200 kg d'ici demain. Tout cela provient des diverses équipes qui travaillent sur le terrain. Ainsi, nous serons très proches d'avoir récupéré la totalité de ce qui manque encore.

Yako approuvait du chef en silence.
- Nous prendrons livraison de tout cela. Mais d'abord, il faut régler le cas des surfeurs. Où en êtes-vous avec eux ?
- Eh bien, nous avons infiltré leur milieu en plusieurs endroits. Ici, à Biarritz et un peu plus au nord, à Hossegor et à Lacanau.
- Vous faites confiance à vos indics ?
- Oui. Ils ont le profil idéal : jeune, motivé pour le surf, anglophone, … Les autres n'y voient que du feu.
- Qu'est-ce qui peut vous rendre si sûr ?
- C'est un monde très spécial que le surf, vous savez. Des jeunes qui n'ont pas encore fini leurs études, qui vivotent et n'ont pas d'ambition immédiate. Ce sont de purs épicuriens qui ne vivent que dans l'instant.
- On peut changer rapidement lorsque l'occasion se présente.
- Certes, mais les clichés que l'on a sur eux correspondent assez bien à la réalité. Ces gens-là voient la vie différemment.

- Expliquez-vous un peu plus clairement, s'il vous plaît.
- Ils évoluent dans l'eau tout le temps et ils sont donc les premiers à tomber nez à nez avec ces ballots, au détour d'une vague. De plus, ils ont tendance à consommer facilement de la drogue et ils ont vu dans cette découverte une manne plus à consommer qu'à exploiter.
- J'espère que vous avez raison et que nous n'arrivons pas trop tard.
- Nous avons fini le travail d'infiltration et de repérage.

Il sortit de la poche intérieure de sa veste un papier.
- Sur cette liste, vous trouverez le nom de ceux qui détiennent de la drogue prise en mer.
- Vous êtes sûr de ces renseignements ?
- Absolument. Je pense que cette opération devrait se dérouler sans trop de problèmes.
- Pourquoi dites-vous cela ?
- Le surfeur est en général un gars assez simple. Il se croit dans un paradis permanent, et fait facilement confiance aux autres surfeurs. Il n'hésite pas à partager des infos qu'on cacherait jalousement en d'autres lieux.
- Combien de kilos pensez-vous qu'on peut récupérer par eux ?
- D'après les rumeurs, je pense qu'ils détiennent entre 80 et 100 kilos.

Yako hocha la tête pendant que Konstantin continuait :
- Je tiens à préciser que ce qu'ils détiennent fait partie des 400 kilos encore manquants. Ce qui laisse très peu de marchandise encore dans la nature. Pour ma part, je pense qu'il n'y a plus rien dans l'océan.
- Eh bien, nous allons frapper très vite et très fort. Il faut agir avant qu'ils n'aient l'idée de commercialiser à grande échelle ce qu'ils détiennent, car alors il serait difficile, voire impossible de le récupérer.

Konstantin continua :

- Pour le moment, ils fument et s'imaginent avoir trouvé le jardin d'Eden avec cette manne blanche qui est arrivée à leur rencontre, portée par les vagues ! C'est le bon moment pour agir !

Yako hocha la tête avant de dire :
- En combien d'endroits faut-il agir ?
- On pense qu'il n'y a rien à Hossegor ni à Lacanau. D'après mes renseignements, tout se concentre ici à Biarritz.
- Pendant cette opération, je ne veux aucun intermédiaire entre nous.
- Très bien.
- Nous agirons prochainement. Je ne tiens pas à rester dans la région plus que nécessaire. En fait, j'aimerais être parti dans 2 jours. Activez donc vos indics pour qu'ils nous détaillent l'emploi du temps des dealers sur les prochaines 48 heures.

Konstantin se mit à rire.
Yako fronça le sourcil.
- De quoi riez-vous ?
- Oh, rien. C'est drôle de parler de dealers avec vous. On pourrait nous prendre pour la police.

Yako esquissa un sourire forcé puis brusquement :
- J'aimerais agir ce soir ou au plus tard demain.
- C'est très rapide.
- Oui, mais c'est nécessaire. Sitôt le coup fait, je compte disparaître. Ce sera à vous de nettoyer.

Alors qu'ils allaient se séparer, Yako eut une légère hésitation, puis demanda :
- Etes-vous au courant qu'il y a eu un meurtre sur la Grande Plage ?

Konstantin, surpris par la question, répondit après une courte pause :
- Oui.

- Que savez-vous à ce sujet ?

Konstantin le regarda droit dans les yeux.

- C'est un de mes hommes.

Yako déglutit avec difficulté.

- La victime ?
- Non. L'exécuteur.
- Y a-t-il un rapport avec notre projet ?

L'autre acquiesça.

- Je vous écoute.
- On a cherché à me doubler. Une de mes équipes a été attaquée. Un de mes hommes a été grièvement blessé et une partie de la marchandise volée. On n'avait donc pas le choix. On a dû éliminer le chef de ce gang pour faire un exemple et calmer la situation.

Yako écoutait avec attention. La situation se compliquait.

- Vous comptiez ne pas m'en parler ?
- Pour le moment, il y a peu de choses à dire, à part cela. Je ne tiens pas à vous ennuyer avec ce genre de détails.
- Et maintenant, qu'allez-vous faire d'autre ?
- Nous devons juste régler ce problème en interne. Ceci ne vous concerne pas.
- Et quelle conséquence cela a-t-il sur notre affaire ?

Konstantin fit une pause avant de parler.

- Eh bien, pour tout vous avouer, j'ai demandé aux équipes d'arrêter leur recherche car …
- Depuis quand ?
- Depuis avant-hier. La récolte en mer est maintenant finie, comme je vous l'ai dit. Le peu de marchandise encore manquante ne justifie plus une opération à une telle échelle pour plusieurs raisons.
- Lesquelles ?
- Tout d'abord la prise de conscience grandissante que nos équipes écument les plages et la mer et le risque qu'elles soient dénoncées à la police par des tiers. Ensuite, le fait que des groupes pourraient être tentés

de s'approprier, par la force, ce que nous avons trouvé en mer. Cela a déjà été le cas.
- Vous m'annoncez soudain que rien ne va plus.
- Tout va encore mais il est grand temps de lever les amarres. Pour cela, j'attends les dernières livraisons de mes équipes qui sont en train de regagner leur base.
- C'est le moment délicat de l'opération. D'autant plus qu'il y a ce meurtre qui intervient au mauvais moment.
- Il intervient au bon moment dans la mesure où il envoie un signal clair à tous ceux qui auraient des envies de nous doubler.
- Je voudrais vous demander de vous assurer que rien ne vienne entraver la bonne conclusion de notre affaire.
- Bien entendu. Ce qui est bon pour vous l'est aussi pour nous.
- Il faudrait rester le plus discret possible. Et dès que le problème des surfeurs est réglé, il faut disparaître.
- Tout est déjà prévu pour cela, vous n'avez rien à craindre.
- D'autre part, je ne suis pas impliqué dans vos règlements de compte et je table sur votre discrétion maximale pour rester en dehors de vos histoires. Est-ce bien clair ?

Konstantin Matzneff hocha la tête en signe d'assentiment. Yako le fixa dans les yeux. Puis ils se serrèrent la main. Yako s'engouffra dans le taxi et s'en revint à l'Hôtel du Palais.

Chapitre 35

En ce dernier jour des festivités, l'Eglise Saint-André accueillait la municipalité de Bayonne ainsi que celle de Pampelune, sa grande sœur festive.

Tout ce monde allait assister à la messe basque. L'entrée des dignitaires s'était effectuée au son de l'Harmonie bayonnaise. Puis les danseurs d'Oraï-Bat avaient précédé le célébrant. Après le mot d'accueil par M. le Curé de Saint-André, l'assemblée entonna « Agur Jaunak », un vibrant chant d'entrée pendant lequel le visiteur nouveau qu'était Michel fut profondément surpris par la ferveur de l'assemblée et par la vigueur des voix masculines. Il n'allait plus à l'église depuis longtemps.

Pourtant il n'était pas venu pour admirer le chant des voix basques. Il avait suivi jusqu'ici un homme à abattre et sa traque l'avait amené aujourd'hui jusque sur le parvis de l'église.

Avec Marco, il avait décidé d'agir à l'intérieur de l'église, si la situation s'y prêtait. Il lui fallait éliminer cet individu qu'il ne connaissait pas et, pour ne pas perdre la trace, il franchit le seuil. L'église était bondée, toutes les places assises occupées.

La cérémonie se déroulait en basque et il fut surpris, soudain, d'entendre le prêtre commencer son sermon en français. Pourtant il n'écouta pas le message, tout tendu qu'il était alors pour retrouver l'homme dont il avait perdu la trace. Il était obligé de se frayer un chemin à travers les groupes de personnes debout dans les allées. Ce faisant, il scrutait les visages en enfilade dans chaque rangée.

Les regards étaient fixés sur le chœur de l'église où se déroulait la cérémonie. On ne le remarquait même pas. Lui-même ne se souciait pas d'être vu car personne ici ne le connaissait. A peine quelques fidèles tournaient-ils la tête vers lui, vaguement curieux, mais ils ne s'attardaient pas sur lui plus de quelques secondes.

Après avoir suivi la nef latérale droite et regardé dans tous les sens, il dut revenir vers le fond de l'église car une grille fermait l'accès au déambulatoire pendant les offices pour favoriser le recueillement des fidèles.

Il reprit son exploration en remontant alors la nef latérale gauche qu'il comptait suivre jusqu'à l'abside. Il espérait que son homme ne serait pas dans une situation où il lui serait difficile de s'approcher de lui. Enfin, il l'aperçut. La chance lui sourit car il était assis, en début d'allée, la tête entre les mains, dans une pose de profonde méditation. Michel se demanda si l'homme priait ou réfléchissait.

Il entreprit de se rapprocher de lui, insensiblement. La foule était très dense et il dut jouer des coudes, contourner plusieurs personnes et même enjamber des corps assis à même le sol. Enfin, il n'était plus qu'à deux mètres de son homme. Il s'appuya alors à un pilier. Ce faisant, il ne voyait plus le chœur mais avait l'avantage d'être exactement dans le dos de celui qu'il pistait.

Je suis dans une situation idéale, se dit-il. Il me faut simplement attendre le bon moment.

Il se remémora alors l'épisode célèbre du livre *Le Rouge et le Noir*. Julien aussi était entré dans une église avec l'intention d'y tuer quelqu'un. Son esprit se perdit alors dans les circonstances de cet incident : Julien avait-il hésité ? Mais non ! Il avait tiré franchement sur Madame de Rênal. Sans hésitation.

Michel essayait de se donner du courage. Par là même, il parait Julien Sorel de toutes les vertus qu'il cherchait à puiser en lui-même.

Julien avait-il eu du remords ? Car il avait tout de même tiré sur son amante ! Mais moi ? Ce n'est pas comparable ! Je ne connais presque pas cet homme.

Il essayait ainsi de justifier son acte. Soudain, une femme à sa gauche se tourna vers lui et tendit la main, en marmonnant quelque chose en basque qu'il ne comprit pas. Il serra alors la main de sa voisine, en remarquant qu'un grand brouhaha emplissait l'église car chacun se tournait vers ses voisins pour leur offrir la paix du Seigneur.

Michel fut surpris de la façon dont se présentaient les choses. Il avait oublié cet épisode de la messe pendant lequel on partage avec ses voisins immédiats la paix du Seigneur en leur serrant la main. Il n'aurait jamais souhaité scénario plus commode. En un instant, il avait décidé d'agir.

Il regarda autour de lui et un voisin en profita pour lui tendre sa main. Il la serra en murmurant : la paix du Seigneur. Puis il mit sa main gauche dans sa poche et attendit. L'homme toujours assis ne bougeait pas.

C'est alors que sa voisine qui avait fait le tour de toutes les personnes dans sa proximité immédiate avisa l'homme immobile assis sur sa chaise et se pencha vers lui. Elle lui murmura les paroles de paix à l'oreille, ce qui lui fit ouvrir les yeux. Il se leva et serra la main qui se présentait. Aussitôt, Michel se rapprocha de lui, la main tendue et en disant les paroles de paix.

L'occasion était là ! Unique, et terriblement simple. Michel se saisit de cette main qui se présentait mollement à lui, la serra fortement et la retint plus que de coutume dans la sienne.

Au bout d'un court instant, l'autre, surpris, leva la tête et regarda Michel dans les yeux. Alors celui-ci lui dit, en ébauchant un sourire :
- La paix du Seigneur.
- Michel ! Toi ?

L'autre serrait machinalement la main, et Michel en profita pour sortir lestement de sa poche sa main gauche qui tenait la seringue et en piqua doucement la main qu'il tenait dans la sienne, dans le gras entre le pouce et l'index. Comme il serrait fort la main, l'autre remarqua à peine la piqure mais il voulait maintenant arrêter cette effusion de sentimentalité qu'il trouvait anormalement longue.

Après une ultime pression bien appuyée, Michel relâcha lentement la main. Tout autour de lui, les gens reprenaient leurs places et le calme revenait peu à peu dans l'église. Michel esquissa un retrait discret de l'endroit qu'il occupait près du pilier mais resta toutefois assez près pour observer la suite des événements.

Une fois la communion terminée, les gens se mirent debout pour recevoir la bénédiction finale.

A la fin de la messe, le chœur entonna le chant final à la vierge Marie : *Jainkoaren Ama* et l'assemblée entière exulta en un refrain poignant : *Zaitzagun maita beit, beti,* qui fit trembler les vitraux.

C'est alors que se produisit un remous près du pilier. Un corps avait glissé à terre, et plusieurs fidèles s'empressaient pour lui porter les premiers secours. Mais presque personne ne remarqua l'événement car, juste après le chant final, l'Harmonie bayonnaise se mit à jouer *No te vayas de Navarra* alors que la procession de sortie commençait.

Ensuite, l'orgue laissa éclater mille accords plus retentissants les uns que les autres, accompagnés des accents langoureux d'une gaita. Enfin, en sortant sur le parvis, les fidèles furent accueillis par les salves de midi tirées dans la ville pour rappeler les festayres à la fête.

Michel sortit avec la foule, sans se presser, bien conscient que son geste était passé inaperçu. Il avait réussi sa mission. Il savait que l'autre allait mourir, si ce n'était déjà fait. Il se sentit abattu mais en même temps soulagé d'avoir réussi avec une telle facilité.

Il leva la tête et vit un ciel bleu dans lequel filait la traînée blanche des salves d'artillerie alors que le carillon du clocher résonnait de toutes ses cloches lancées à la volée.

Chapitre 36

Konstantin se sentait un peu inquiet. L'entrevue avec Yako ne s'était pas trop mal passée, mais sur la fin, il avait senti la nervosité de son interlocuteur et cela le mettait mal à l'aise.

Il ne pouvait s'empêcher de penser que ce Yako était un grand naïf : comment donc pouvait-il escompter régler sans casse ce genre d'affaire qui se chiffrait en millions d'euros ?

Il prit l'ascenseur de l'hôtel où il était descendu. Cet hôtel n'était pas sur le front de mer mais plus près du centre de Biarritz. Konstantin n'était pas venu faire du tourisme : il avait une mission à accomplir et ne devait pas se distraire de son but.

Le choix de cet hôtel n'était pas innocent : il y avait un bar-restaurant au dernier étage, avec une terrasse panoramique extérieure de laquelle on pouvait voir tout le Golfe de Gascogne. Cet endroit était donc un poste d'observation idéal sur l'immense étendue maritime.

Selon l'heure, Konstantin choisissait de s'asseoir soit côté sud pour jouir de la vue des Pyrénées et de la courbe majestueuse du Golfe de Gascogne, soit côté nord où l'on pouvait suivre des yeux le tracé rectiligne des dunes landaises qui se fondait dans le lointain entre le bleu de l'océan et le vert de la forêt de pins maritimes.

De la terrasse, il scrutait longuement l'océan avec ses jumelles. Le serveur, un jeune Basque du prénom de Bixente, habitué qu'il était à voir ce client squatter sa terrasse pendant de longues heures, avait développé à son encontre une attitude cordiale, voire légèrement familière, et se permettait de le taquiner sur ce qu'il appelait « la recherche de la sirène idéale, » en allusion à ses longues séances d'observation de l'océan.

Konstantin avait vite vu l'avantage qu'il avait à se faire ainsi passer pour un coureur de jupons.

En réalité, Konstantin était à l'affût de nouveaux ballots de poudre blanche à la dérive dans l'immense zone maritime du creux du Golfe de Gascogne. Il pouvait aussi vérifier la présence d'embarcations sur lesquelles certaines de ses équipes naviguaient à la recherche de cette manne. Car c'est vers cette zone concave de la côte que beaucoup de ballots avaient tendance à s'échouer.

Préoccupé qu'il était ce jour-là, il ne jeta même pas un regard sur l'océan.

En fait, ce qui se passait sur l'océan ne le concernait plus vraiment. Il restait si peu à récupérer que peut-être on ne trouverait jamais les quelques ballots encore manquants. Et d'ailleurs, où étaient-ils ces ballots ? Comment être sûr que personne ne les avait déjà subtilisés ? Peut-être étaient-ils tous tombés aux mains des surfeurs ?

L'élimination de Martin était certes une bonne chose, mais il était fort possible que d'autres pensent à continuer à jouer en solo et à doubler Konstantin.

C'est cela qui le tracassait actuellement. Ce qui se passait à terre était donc infiniment plus important. D'autant que le moment du transfert était imminent. Toute cette drogue se trouvait ici, à Biarritz, dans un endroit qu'il avait choisi et il s'agissait de l'évacuer le plus vite possible.

Ainsi, Konstantin ne dormait presque plus depuis quelques jours. La tension était à son comble. Il avait demandé à toutes les équipes de se replier sur Biarritz et de ramener tout le stock repêché en mer depuis plusieurs semaines. Elles étaient toutes revenues sauf l'équipe numéro 4 dans le sud des Landes.

Un autre souci concernait précisément un groupe de surfeurs de la plage des Basques. La rumeur voulait qu'ils aient fait, à leur corps défendant, une pêche miraculeuse de ballots. Or, il n'était pas question que ces ballots restent en leur possession.

Le bar était presque désert à cette heure-là. Il commanda un café et composa un numéro sur son portable lorsque le serveur se fut éloigné.
- Allô ! Marco ? Ici Konstantin !
- Ah oui. Salut !
- J'appelle pour savoir où vous en êtes !
- C'est en bonne voie.
- Il faut agir vite. Le temps presse.
- C'est pratiquement fini.
- Je vous demande de revenir à Biarritz en fin d'après-midi. J'ai besoin de vous pour notre ultime affaire. On va rendre visite aux surfeurs. C'est pour aujourd'hui.
- Très bien. A plus tard.

Chapitre 37

La palombière était construite dans un arbre. Pour y monter, il fallait emprunter une échelle de cordes. Un assemblage hétéroclite de planches, camouflées par des branches d'ajoncs séchés, constituait l'armature de l'ensemble qui pouvait accueillir 3 à 4 personnes.

Les marcheurs se mirent à gravir l'un après l'autre l'échelle de cordes. Une fois en haut, Jenny ne put retenir une exclamation de déception :
- Oh ! On ne peut pas voir la mer d'ici !

Le sable s'élevait en pente douce jusqu'à la dune côtière, à une bonne centaine de mètres de là. On voyait l'horizon du ciel bleu au-dessus de la dune. Mais point la mer.

Les deux Anglaises se laissèrent choir sur un vieux matelas en mousse. Elles fermèrent les yeux. Les deux garçons échangèrent un regard et, après avoir déposé leur sac, d'un commun accord, redescendirent. Ils firent quelques pas pour s'éloigner un peu de la palombière.
- Bon ! Et maintenant, qu'est-ce qu'on fait ? demanda André.
- Que veux-tu dire ? On n'a rien à faire qu'à attendre. Konstantin va nous contacter et venir nous chercher. Et puis c'est tout.
- Tu es sûr que c'est ce que tu veux faire ?

André regarda longuement Thierry dans les yeux. Ce dernier essayait de deviner le sens caché de cette phrase et craignait de trop la comprendre.
- Et toi, tu veux faire autre chose ?
- Pourquoi pas ? Tu sais, tout est encore possible.
- Tout ? Je ne sais pas ce que tu veux dire. Moi, je veux rendre à Konstantin ce que nous avons convenu. Ce que j'ai reçu me suffit.

André préféra ne pas répliquer. Les deux hommes, fatigués, décidèrent de prendre aussi quelque repos. Ils remontèrent à la palombière et s'adossèrent du mieux qu'ils purent aux planches pointées contre le tronc. Ils s'endormirent.

Thierry s'était réveillé le premier. Il n'avait entendu aucun bruit spécial. Seul le roulis régulier des vagues parvenait jusqu'à la palombière.

Il avait dû dormir assez longtemps car le soleil lui semblait avoir bien évolué dans le ciel. Il se sentait reposé. Les trois autres dormaient toujours. Il se leva sans bruit, descendit l'échelle et se mit à marcher vers la dune.

André ouvrit les yeux et le regarda partir. Les deux filles se reposaient, les yeux fermés, enlacées l'une à l'autre. André n'eut guère le temps de goûter le charme de ce tableau. Il attendit encore une à deux minutes mais il fallait agir maintenant, et il le savait. Il toussota pour éveiller les jeunes filles et attirer leur attention.
- Alors les petites, vous êtes toujours fatiguées ? Ça va un peu mieux ?

Elles ouvrirent des yeux embrumés.
- Oui, un peu. C'était une longue marche pour nous, tu sais.

Pendant que Myriam s'étirait, Jennifer se mit à bailler.
- Ecoute, Jennifer. Thierry est allé faire une promenade sur la dune. Il a dit que tu pouvais le rejoindre. Il est parti en direction du restaurant, là-bas.

Et ce disant, il indiquait le toit de quelques maisons en bordure de mer.
- Oh ? OK. Il y a longtemps ?
- Non, à peu près 5 minutes.
- A tout à l'heure alors.

Et elle descendit lentement l'échelle de cordes. Lorsqu'elle se fut éloignée, André s'approcha de Myriam qu'il enlaça et embrassa longuement.

Myriam parvint à se dégager pour respirer et articula :

- Eh bien, André. Quelle passion d'un seul coup !
- Oui. C'est parce que je vais partir.
- Partir ? Maintenant ? Et où ?
- Oui, maintenant, je vais partir à Bayonne. Et si tu veux, tu peux venir avec moi.
- Mais, et Jennifer ?
- Tu pourras l'appeler quand nous serons là-bas, et elle pourra t'y retrouver. C'est bien là que vous allez, non ?
- Oui, c'est vrai.
- C'est à environ 10 kilomètres d'ici. Alors, décide-toi.
- Mais pourquoi on ne part pas avec eux ?
- Je n'ai pas le temps. Je suis très pressé pour régler une affaire qui ne peut pas attendre.

Déjà André chargeait son sac sur son dos. Myriam, indécise, mettait du temps à se décider. Il se retourna.
- Alors, tu viens ou tu viens pas ?
- D'accord, je viens avec toi, mais uniquement jusqu'à Bayonne. Je n'irai pas plus loin. J'attendrai ma copine là.
- C'est d'accord.

Myriam griffonna quelques mots sur un bout de papier qu'elle ajusta au sac de son amie, avant de descendre l'échelle.

Thierry s'était installé à une table de la terrasse donnant sur l'océan. Du haut de la dune, il avait un coup d'œil magistral sur la plage d'Ondres. Le bar venait d'ouvrir et il était seul, hormis un pêcheur qui narrait sa nuit de pêche au tenancier.

D'après ce que Thierry entendait, la pêche avait été bonne. Le pêcheur, un certain Philippe au visage hâlé de bourlingueur, se levait tôt et commençait la pêche à 5 heures du matin. Mais à l'entendre parler, se lever si tôt était, paradoxalement, le plus grand plaisir de sa journée de retraité sur la côte.

Voilà ce qu'il me faudrait comme hobby, se disait Thierry. Etre au contact de l'océan des heures durant, sans autre présence que les mouettes.

Et il se mettait à envier le pêcheur qui buvait son café, les yeux emplis de visions marines. Le barman avait droit, comme chaque jour, à la description détaillée des prises de la matinée. C'est alors que Thierry s'apprêtait à lui parler que surgit Jennifer.
- Ah ! Thierry ! Je te cherchais.
- Viens donc ! Tu veux un café ?

Elle s'assit avec lui et s'exclama devant la vue océane.
- Et là-bas, qu'est-ce que c'est ? dit-elle en pointant son doigt plein sud.
- C'est le phare de Biarritz.

En effet, la longue tour blanche se dressait majestueusement en bordure de l'océan, à une dizaine de kilomètres au sud.
- Que font André et Myriam ?
- Je pense qu'ils sont contents d'être seuls un moment. C'est du moins l'impression que j'ai eue quand André m'a dit que tu m'attendais ici.
- Il t'a dit ça ?

Thierry s'était levé. Il paya en posant un billet sur la table et se leva. Jennifer s'empressa de le suivre.
- Mais qu'est-ce qui se passe ? Pourquoi pars-tu si vite ?
- Quel con je suis ! Je n'aurais jamais dû partir et le laisser seul.

En quelques minutes, ils traversèrent la zone sableuse qui s'étire entre la dune et la lisière de la forêt. Arrivés à la palombière, ils ne trouvèrent personne. Les sacs d'André et de Myriam avaient disparu.

Thierry se précipita vers son sac noir qu'il ouvrit et s'assura que rien n'y manquait. Rassuré de ce côté-là, il remarqua alors Jennifer en train de lire le mot que Myriam avait laissé à son intention.

- Ils sont partis !

Thierry ne parut même pas surpris. Il hochait la tête, en pleine réflexion.
- Mais pourquoi Myriam m'a-t-elle fait cela ?
- Tu n'as pas à t'en faire pour elle. As-tu un endroit où la retrouver à Bayonne ?
- Oui, on a des amis qui habitent dans la région.
- Alors, ne t'en fais donc pas. Tu la retrouveras chez eux.

Thierry boucla son sac et s'assit sur le matelas en mousse. Il n'y avait rien d'autre à faire qu'attendre Konstantin.

En sortant de l'église, Michel s'était arrêté sur le haut du parvis alors que le carillon annonçait la fin de la messe et le début des festivités de la dernière journée des fêtes de Bayonne. Il ressentait un grand vide et était submergé par une sorte de nausée que le tintamarre de toutes ces cloches accentuait encore plus.

Il descendit les quelques marches en titubant et retrouva Marco qui l'attendait dans un bar en face du parvis.
- Alors ?

Pour toute réponse, Michel opina du chef et s'assit lourdement sur la banquette.

A peine Michel avait-il commandé son café que Marco lui annonça :
- Le chef m'a téléphoné. Il a besoin de nous en fin de journée.

Michel le regardait, dubitatif.
- Ecoute, je dois souffler un peu.
- Il compte sur nous, aujourd'hui. Tu pourras souffler après. C'est l'ultime étape. On va chez les surfeurs. Et après, tout est fini. On partira en vacances.

Michel remuait la tête de droite à gauche, dans un signe de dénégation.

- Je ne veux pas. Je ne peux pas.
- On te demande un dernier effort. Tu sais qu'il le faut. C'est la fin. Presque toutes les équipes sont déjà rentrées. Les cargaisons sont remisées où tu sais. Celle des surfeurs est la dernière. Après, on est libre.
- Alors si je participe, je ne veux pas être celui qui s'exposera cette fois-ci.

Marco opina de la tête. Il trouvait cela normal après tout.
- Il n'y a pas de problème. Il y aura quelqu'un d'autre avec nous.

Alors qu'ils s'éloignaient de l'église, Michel jeta discrètement dans une poubelle la seringue qu'il avait utilisée.

Dans le ciel, le carillon des cloches commençait à baisser d'intensité. La ville s'éveillait à nouveau pour une dernière journée de folie.

Chapitre 38

Les rouleaux continuaient leur incessant mouvement. L'écume blanche venait inlassablement se répandre sur le sable de la plage des Basques. Une myriade de surfeurs cherchaient sans fin l'équilibre sur la crête des vagues.

Deux jeunes gens, allongés sur le sable, devisaient tranquillement. La journée s'avançait sous un soleil ardent et ils se reposaient après plusieurs heures de lutte acharnée contre les vagues sur leur planche. L'un avait un maillot blanc à fleurs rouges et l'autre un bermuda jaune.

- J'ai dégommé une leçon particulière intéressante.
- C'est quoi ?
- Un jeune russe, fils à papa, si tu vois ce que je veux dire. Mais il est très jeune.
- Et tu commences quand ?
- Demain. J'ai rencontré la mère de ce gamin.
- Ah oui ?
- C'est à elle que j'aimerais donner des cours, mon pauvre. Si tu la voyais ! Une vraie poupée russe.
- Toujours avec tes divagations. Quand comprendras-tu que ce n'est pas la plastique qui fait une femme ?

Mike se massait la jambe, là où la lanière de la planche à vague venait se fixer.

- T'as mal ?
- Un peu. La corde a beaucoup tiré aujourd'hui.
- –Ça te dit de venir en boîte ce soir ? Je pensais aller à l'*Ibiza*.
- Non, j'organise une boum sur la plage. Et je t'invite si tu veux.
- C'est sympa. Y aura qui ?

- Beaucoup de monde, mais surtout des surfeurs. Et en plus, une fille que j'ai rencontrée récemment. Elle s'appelle Sylvie.
- Y aura de la came ?
- T'en fais pas pour ça mon coco. J'ai tout ce qu'il faut.
- Je sais. Les gens parlent. Beaucoup savent que tu as gagné le gros lot.
- Ah bon ?
- La rumeur dit que tu as repêché des ballots en mer, … si tu vois ce que je veux dire.
- Les nouvelles vont vite. Mais personne ne sait si c'est vrai. C'est … une rumeur.

Il s'étira paresseusement avant d'ajouter.
- Tout surfeur rêve de ce genre de prise. C'est pour cela que cette rumeur va bon train. Elle alimente le fantasme.
- Peut-être mais on dit qu'il n'y a pas de fumée sans feu.

Mike préféra ignorer cette dernière remarque. Il se tint silencieux jusqu'à ce que l'autre lui demande :
- Je peux amener des amis ?
- Bien sûr. Plus on est de fous, plus on rit, non ? Surtout ici.
- La vie rêvée. Je comprends que Tom Curren ait décidé de s'établir à l'année ici. On y trouve tout ce dont on a besoin.
- Tu parles de la glisse ou de la snouf ?

Ils rigolèrent un bon coup.
- Je te signale qu'on commence la soirée assez tôt, vers 18h00.
- A plus tard alors !

A quelque distance du groupe de surfeurs, deux baigneurs étaient allongés sur de grandes serviettes de bain. Ils discutaient mais ne quittaient pas des yeux les deux surfeurs.
- Tu vois le gars qui a un maillot blanc à fleurs rouges ?

- Oui. Il a les cheveux rasés.
- Il s'appelle Yves. C'est un super doué en surf.
- C'est pas pour ses exploits aquatiques qu'on est là, je te rappelle.
- Certes, mais c'est un plaisir de le voir surfer.
- Quels sont les ordres exactement ?
- Attendre la tombée de la nuit et essayer d'attirer un certain Mike hors du groupe. A ce moment-là, on le coincera pour l'amener en lieu sûr.
- Tu le connais ?
- Je sais qui c'est. Tu vois le gars en bermuda jaune, celui qui est en train de parler à Yves ? C'est lui !
- Tu es vraiment bien renseigné !
- J'ai mes contacts dans le milieu des surfeurs. Je sais tout ce qui s'y passe et tout ce qui s'y trame. Donc souviens-toi bien, le gros poisson, c'est Mike, celui qui organise cette soirée.
- C'est un petit malfrat alors ?
- Je ne suis même pas sûr. J'ai juste entendu dire qu'un jour, au creux d'une vague, il est tombé nez à nez avec un ballot de poudre.
- C'est une jolie histoire !
- Si l'on veut, sauf que la situation va soudain s'assombrir pour lui prochainement. Surtout s'il n'est pas coopératif.
- Il le sera, je te le garantis. Et il faut que cela se fasse ce soir absolument, vu qu'on lève le camp dès demain.

Chapitre 39

Yako était très agité depuis sa réunion à la patinoire.
Tout d'abord, il y avait eu cette nouvelle inquiétante du meurtre sur la grande plage. Il sentait maintenant qu'il devait partir dès que possible de la région avec sa famille.

Puis, la discussion avec Sasha au sujet des enfants qui batifolaient sur la grande plage ne s'était pas aussi bien passée que prévue, car il avait senti un reproche dans sa voix.

Contrarié, il était allé s'asseoir sur le balcon de la suite et avait déplié le journal. La photo du phare de Biarritz en première page attira son regard. Au même moment, le titre qui barrait la page capta toute son attention : *Tragédie au phare de Biarritz*. Il lut avec avidité l'article dans lequel on expliquait qu'un corps avait été découvert, écrasé sur les rochers au pied du phare.

Yako se leva et alla chercher une paire de jumelles qu'il braqua en direction du promontoire sur lequel se dressait le phare. Il regarda longuement la tour blanche qui s'élançait fièrement vers le ciel bleu. Il ne vit là rien que de charmant et se demanda donc ce qui avait bien pu se passer là-haut, sur la pointe
Saint-Martin. Il se rappela alors Konstantin et commença à imaginer toutes sortes de combines dans lesquelles ce dernier pouvait être impliqué. Il ne serait pas étonné si ce dernier fait divers n'était pas sans rapport avec cet individu.

Alors, tout soudain, il prit sa décision et passa dans la chambre à coucher où Sasha somnolait dans le lit.

- Il faut que je te parle. C'est important.

Le ton brusque de la voix et les derniers mots firent que Sasha leva instantanément sur lui deux yeux interrogateurs.

- De quoi s'agit-il ?

- Tu m'as dit que tu aimerais bien visiter Cascais, tu sais, près de Lisbonne.
- Oui, je l'ai dit. Mais pourquoi … ?
- Eh bien, nous allons y partir dès demain.
- Mais non ! Pourquoi quitter Biarritz ? Cet endroit est charmant. Cascais peut bien attendre. Et Oleg doit commencer ses cours de surf.
- Il pourra aussi bien faire du surf à Cascais. C'est également sur la côte atlantique.
- Mais il a déjà fait des amis ici. Et il peut aussi parler français. Tu te souviens qu'on avait choisi Biarritz aussi pour la langue française.

Toujours argumenter ! Sasha était pétrie de qualités mais elle était la championne du questionnement et de l'argumentation. Et lui ne supportait plus cela.

- Je suis désolé, mais ma décision est prise. On doit partir demain matin. Il faut faire les valises aujourd'hui !

Il se tourna vers la porte mais, avant de quitter la pièce, il se retourna et ajouta pour faire bonne figure :

- Mais ne t'inquiète pas, on reviendra ici plus tard.

Il savait qu'elle n'allait pas capituler aussi facilement. Il sortit donc à grands pas de la chambre pour éviter d'avoir à continuer le pugilat verbal et eut à peine le temps d'entendre :

- Mais je ne te comprends pas. Tu es tout à fait illogique et …

Il s'avança sur la terrasse et appela un numéro. Après trois sonneries, la voix de Konstantin résonna.
- Allô !
- Ici Yako. Je vous appelle pour une chose très importante.

Il força la voix sur le mot très et Konstantin savait déjà le motif de cet appel. Il s'y était préparé mais appréhendait quand même la réaction de Yako.
- De quoi s'agit-il ?
- D'un second cadavre à Biarritz ! En 24 heures ! Vous êtes bien au courant ?
- Oui.
- Je vous écoute. Qu'est-ce qui se passe ?

Yako martelait ses mots, ce qui fit grincer des dents à Konstantin.

Il y a … que nous avons dû faire du ménage.
- Mais vous vous rendez compte où cela risque de mener !
- Il y avait péril en la demeure ! Sans intervention de notre part, vous auriez peut-être déjà tout perdu !
- Vous faites un peu trop dans le catastrophisme !
- J'essaie simplement de vous mettre les choses en perspective réelle.
- Combien de cadavres avez-vous l'intention de semer derrière vous ? Vous croyez que la police va laisser faire cela ?
- La police n'est pas encore dans le coup. Le temps qu'ils réagissent, tout sera déjà terminé et nous serons loin.
- Eh bien, vu l'urgence de la situation, j'ai pris une décision importante et qui vous concerne.
- Ah ? Laquelle ?
- Nous allons avancer le transfert de la marchandise à cette nuit.
- Cette nuit ! Mais … c'est trop soudain !

Konstantin avait conscience qu'il était en partie responsable de tout cela. Il se compliquait lui-même la tâche.
- Débrouillez-vous. Vous ne me laissez pas le choix. Je veux que le transfert soit accompli avant l'aube. Je pars demain matin très tôt.

Yako agissait pour des raisons personnelles : il était inquiet car sa famille

l'accompagnait. Or la présence de sa femme et de son fils qui était au départ une couverture idéale se révélait maintenant un véritable boulet. Avec les complications inattendues qui parsemaient le littoral biarrot de cadavres, l'excursion familiale menaçait de se terminer en western américain.

Chapitre 40

Le soleil baissait à l'horizon et les surfeurs avaient allumé un feu avec des bouts de bois trouvés sur la plage. Petit à petit, le groupe grossissait.

Il commençait à faire légèrement frais, et certains s'approchaient de la flamme du feu.

Une sonorisation montée sur une jeep diffusait une musique reggae qui se mariait au bruit régulier des vagues. Une fille aux longs cheveux blonds se dandinait d'une jambe sur l'autre en suivant le rythme de Jimmy Hendricks. Elle était vêtue d'un menu bikini et la brise qui agitait ses cheveux d'un doux frisson ne semblait pas lui donner froid. Elle avait les yeux fermés et paraissait inconsciente de ce qui se passait autour d'elle. Plusieurs surfeurs la reluquaient du coin de l'œil en faisant des blagues salaces.

Mike s'efforçait de mettre un peu d'ambiance dans le groupe alors que Yves, assis à l'arrière de la jeep faisait à la fois office de disc jockey et de barman : il distribuait des canettes de bière au groupe bon enfant qui se pressait autour de la jeep.

- C'est qui, la gonzesse là-bas ?

La silhouette toute en longueur devint la cible de tous les regards.

- On touche pas ! On regarde seulement !
- Mais c'est qui ?
- Tu insistes, hein ! C'est un domaine réservé ! Elle s'appelle Sylvie.
- Réservé à qui ?
- A moi, mec. Elle est à moi ! Yves ! Monte un peu la musique ! Y'a pas d'ambiance ici !

Quelques enragés étaient encore dans l'eau, en train de profiter des dernières vagues dans le soleil couchant.

Chacun y allait de son commentaire sur la valeur technique des figures accomplies par les surfeurs.

Plusieurs petits groupes s'étaient formés. L'alcool coulait à flot. Certains commençaient à tituber. D'autres s'asseyaient sur le sable, face à l'océan et fermaient les yeux. Quelques-uns fumaient des joints.

Mike s'approcha de Sylvie toujours vêtue de son léger bikini. Elle était maintenant sur sa serviette et écoutait la musique. Il s'allongea près d'elle et posa la main sur son genou.

Elle ouvrit un œil, vit Mike et se tourna vers lui.
- Tu as enfin un peu de temps pour moi ?
- J'étais très occupé. Faut distraire tout ce monde.
- Et maintenant, tu as un petit moment ?
- Bien sûr.
- Alors, allons faire un petit tour sur la plage.

Ils se levèrent et se dirigèrent vers le bord de l'eau qu'ils se mirent à longer en direction du sud.

Mike glissa son bras dans le dos de Sylvie et lui murmura des compliments à l'oreille.

Ils marchèrent pendant un bon moment. Ils dépassèrent un épi de rochers et se retrouvèrent dans une zone sombre. Le feu du groupe devenait plus vif dans le lointain à mesure que la nuit arrivait. Seules quelques silhouettes isolées se devinaient dans la clarté indécise sur la promenade maritime qui surplombait la plage.

Ils s'allongèrent sur le sable tiède. La main de Mike explorait le corps de Sylvie dans un silence entrecoupé du bruit du ressac auquel s'ajouta bientôt la respiration de plus en plus saccadée de la jeune femme.

C'est au moment où Mike se préparait à se dévêtir complètement qu'il reçut un violent coup sur la nuque. Deux formes noires le saisirent chacune par un bras et l'entraînèrent vers la promenade maritime. Un troisième individu les attendait au bas des marches et se saisit des jambes de Mike. Ils le portèrent ainsi à bout de bras jusqu'à une camionnette dans laquelle ils le jetèrent sans ménagement. Quelqu'un ferma la porte et le véhicule démarra aussitôt.

Sylvie qui commençait à entrer dans le monde douceureux du plaisir sensuel ne comprit pas tout de suite ce qui arrivait. Tout était tellement silencieux. Elle sentit d'abord Mike tomber sur elle lourdement puis se relever soudainement comme s'il était aspiré vers le haut et elle n'eut que le temps de voir son corps traîné sur le sable par deux individus aux formes indistinctes.

Effrayée, elle hurla et se mit à courir en direction du feu pour alerter leurs amis. Le temps d'aller jusqu'à la jeep, d'expliquer la chose et de revenir avec le groupe, Mike avait complètement disparu.

Yves proposa alors d'appeler la police, ce que tous approuvèrent.

Chapitre 41

- Allô ! Ici André ! Je veux parler à Martin ! Son téléphone ne répond pas !

Un silence à l'autre bout du fil. Puis soudain :

- André ! Tu ne sais donc pas que Martin est mort ? Il a été assassiné sur la grande plage de Biarritz !
- Quoi ? Mais quand donc ?
- Hier matin.

C'était au tour d'André de rester silencieux. Tout devenait soudain très étrange et compliqué. Son esprit travaillait vite. Il sut instantanément ce qu'il avait à faire.

- Ecoute, je suis en route pour Bayonne. J'y serai dans quelques heures. Il faut que je te voie d'urgence au Q.G.
- Très bien, j'y serai.

André raccrocha et se dirigea vers Myriam qui l'attendait assise sous un pin en bordure de route. Ils s'étaient déjà éloignés de la plage d'environ un kilomètre. Les villas se pressaient des deux côtés de la route. De nombreux vélos passaient sur la piste cyclable.

- Alors, on y va ?
- Oui, on va marcher jusqu'à la route principale et prendre le bus pour Bayonne à Ondres. C'est à environ 1 kilomètre.

André avait décidé d'aller jusqu'à Bayonne avec Myriam plutôt que de la quitter sur le champ. Il ne voulait pas alerter Thierry davantage. Aussi résolut-il de cacher son inquiétude sous une attitude faussement joviale.

Deux heures plus tard, ils descendaient d'un bus devant la gare de Bayonne.

- C'est ici qu'on se sépare. Tu sais où aller ?

Myriam fit oui de la tête.

Pour ne pas s'attendrir, André brusqua le départ. Il embrassa Myriam sur le front et partit sans un mot. Elle l'appela mais André était déjà de l'autre côté de la rue et partait à grandes enjambées vers le Pont Saint-Esprit.

Arrivé dans le petit Bayonne, il s'engagea dans un dédale de ruelles. Enfin, il s'arrêta devant une porte et appuya sur une sonnette un long coup suivi de trois autres plus courts. Au bout d'un moment, un homme lui ouvrit et il se glissa dans la maison.

Les deux hommes se serrèrent la main puis montèrent à l'étage. Dans l'appartement régnait un désordre sauvage qui indiquait assez clairement l'absence de femme.

L'hôte lança une cannette de bière à André qui la saisit au vol.
- Raconte-moi tout !
- Martin à été descendu à bout portant sur la Grande Plage de Biarritz en pleine journée.
- C'est incroyable ! Les salauds !
- Mais le plus incroyable, c'est qu'un homme du clan Konstantin a été aussi descendu ce matin même dans l'église Saint-André, tout près d'ici.
- Tu plaisantes !
- Pas du tout. La ville bruisse de rumeurs.
- C'est vous qui avez fait cela ?
- Mais non ! On ne comprend pas ce meurtre et on ne sait pas ce qui se passe. Tout le monde est très nerveux en ce moment, tu imagines bien pourquoi ?
- Tu fais allusion à la cargaison, non ?

L'autre acquiesça en silence. André continua :
- Ils veulent la mettre en sûreté car ils ont peur de nous.
- Sans Martin, on ne peut plus grand-chose, tu sais.
- Je ne suis pas d'accord. Même s'il est quasiment impossible de leur reprendre ce qu'ils ont, on peut quand même leur faire pas mal de dégâts.

L'autre regarda André.

- Tu ne crois pas qu'on devrait tout laisser tomber et disparaître avec ce qu'on a réussi à préserver ?
- Je ne vais pas les laisser s'en tirer aussi facilement. Ils ont tué Martin, ils doivent payer.
- Sois raisonnable et abandonne la partie !
- Je ne peux pas. Ils flinguent tout le monde, indistinctement, et en plus ils engrangeraient le gros lot ? Pas question.

Son comparse attendait, dans l'expectative.
- Tu n'es obligé de me suivre. Mais je vais te demander une faveur : prépare-moi une bombe. C'est tout ce que je te demande. Si tu permets, je vais faire un petit somme pendant ce temps. Je suis crevé. Réveille-moi dans deux heures si je dors toujours.

L'autre acquiesça sans un mot.

Chapitre 42

L'air était doux et il faisait bon au bord de l'eau. Alors que le soleil déclinait, Bob partit en promenade sur le quai de l'Adour en compagnie d'Amy. Ils tournèrent vers l'ouest pour rejoindre la plage afin de voir le coucher du soleil. C'est la promenade qu'Amy faisait depuis plusieurs années avec son chien.

Bob avait quitté l'hôtel où il était descendu avec Solange. Cela ne lui avait pas été difficile lorsqu'il avait vu que sa fille était plus intéressée d'être avec son Michel qu'avec lui. Aussi avait-il déménagé sans scrupule quand Amy lui avait proposé de venir chez elle le temps des vacances.

Il restait maintenant avec elle dans une petite villa cossue sur la rive gauche de l'embouchure de l'Adour. Par-delà le fleuve, il voyait le port du Boucau, la zone industrielle de la rive droite qui s'étendait jusqu'à l'océan et n'offrait rien de très beau. Heureusement, par-delà cette zone sinistre en bordure du fleuve, une plage de sable magnifique se profilait et s'étirait sur près de deux cents kilomètres, jusqu'à l'estuaire de la Gironde.

Amy avait passé son bras sous celui de Bob et ils avançaient lentement vers la mer. Ils avaient lâché Tess qui trottait à quelques mètres devant eux. A 600 mètres de là, le fleuve se jetait dans l'océan à la Barre.

Ils longeaient maintenant le port de plaisance. A cette heure-ci, seuls quelques yachts étaient éclairés. Comme à son habitude, Tess quittait le trottoir et s'avançait sur l'embarcadère en bois, reniflant de ci, de là, et trottinait entre les bateaux jusqu'au bout de la jetée.

Amy et Bob, eux, continuèrent leur chemin pour retrouver le chien un peu plus loin, là où Amy avait pris l'habitude de l'attendre, assise sur un banc.

Aussi, furent-ils surpris d'entendre un aboiement bizarre, plutôt un hurlement venant de la direction où se trouvait Tess. Bob chercha à localiser le chien mais la lumière du jour finissant était trop faible et il ne put rien voir de précis. Ils appelèrent le chien et attendirent un moment mais Tess ne venant pas, ils continuèrent vers la plage, où ils comptaient être rejoints par l'animal.

Max était assis sur le gaillard avant. Il fumait un cigare et avait une canette à la main. Il s'ennuyait ferme et aurait bien aimé aller aux fêtes de Bayonne avec ses copains. Mais il était de service et avait reçu des instructions très formelles de ne pas quitter le yacht.

Aussi avait-il décidé d'oublier tout cela en tâtant de la bouteille. Il était un peu éméché lorsqu'il vit le chien s'avancer vers le bateau. Malgré son état d'ébriété, il reconnut que c'était un épagneul, et il lui sembla que cela n'augurait rien de bon, car il savait que les épagneuls faisaient de très bons chiens renifleurs.

Ce qui inquiétait Max, c'est que le chien n'allait pas à l'aventure, mais avançait en reniflant ferme, l'échine courbée au ras du sol, en suivant d'évidence une piste. Selon toute vraisemblance, il allait se diriger droit sur son bateau. L'homme poussa un juron et prit peur. Ce chien, que faisait-il là ? Etait-il seul ou était-il surveillé par son maître ? La police était-elle dans les parages ?

Abruti par l'alcool, Max se fia à son impulsion et se précipita à l'intérieur du bateau pour en revenir aussitôt avec une barre de fer à la main. Il repéra le chien qui s'était arrêté au niveau du bastingage du yacht voisin. Mais après quelques instants, il continua sa route vers le suivant, celui où était Max. S'il cherche à monter à bord, je suis obligé de m'en débarrasser pensait ce dernier in petto.

Caché derrière la cloison du poste de commandement, il regardait le chien avancer le museau au raz du sol, s'approcher et s'arrêter au niveau des cordages qu'il se mit à renifler longuement. Il se renfonça dans son coin, contre la cloison et serra fortement dans sa main la barre de fer.

Le chien s'était maintenant aventuré sur la passerelle d'accès à bord et, tout occupé qu'il était à renifler, il ne prit conscience que trop tard de la présence de l'homme qui lui porta un violent coup de barre. Max visa le crâne, mais sous l'effet de l'alcool, son bras dévia et brisa la patte de devant gauche.

Le chien s'effondra et se mit à hurler. Max, effrayé du bruit, lui porta aussitôt un second coup, cette fois sur le sommet du crâne qu'il fracassa. Le chien s'affala comme une masse alors que les appels du propriétaire du chien parvenaient jusqu'au bateau. De plus en plus nerveux, Max s'approcha du bastingage, regarda furtivement alentour et soudain souleva le chien par-dessus bord pour le laisser tomber à la verticale, le long de la coque du yacht. Puis, avec une gaffe, il l'éloigna au maximum du bateau, essayant de lui faire prendre un peu le courant. Il laissa aussi tomber la barre de fer dans l'eau où elle glissa jusqu'au fond.

Enfin, tout bruit cessa et un étrange silence régna sur le port de plaisance. Le danger semblait écarté. Après quelques minutes sans bouger, Max se sentit enfin libre de ses mouvements. Il ouvrit une nouvelle canette en se demandant s'il devait prévenir son chef de cet événement aussi inattendu que pénible.

La beauté du coucher de soleil avait fait oublier à Amy et Bob l'absence de Tess pendant une bonne demi-heure. C'est quand ils décidèrent de revenir qu'ils commencèrent à s'inquiéter.

Amy ne comprenait pas ce qui avait pu arriver à son chien.

- Il ne m'a jamais fait cela. Il reste toujours à distance visible et ne s'absente pas ainsi. Que lui est-il donc arrivé ?

Bob essayait de la calmer mais ne pouvait s'empêcher de s'inquiéter. En repassant au niveau du port de plaisance, ils poussèrent jusqu'à l'embarcadère. Amy s'assit sur une borne pendant que Bob s'avançait sur la jetée en bois.

Son téléphone portable allumé à la main, il cherchait quelque indice mais ne vit rien d'anormal et en tout cas aucun signe de Tess. Un rapide coup d'œil lui indiqua que personne ne se trouvait dans les parages. De plus, un grand silence régnait, ponctué simplement du doux clapotement de l'eau contre la rive.

De part et d'autre de la jetée, il vit un nombre d'embarcations découvertes qui n'offraient aucun intérêt. Au bout de la jetée, il remarqua deux yachts l'un près de l'autre, masses d'ombre qui bougeaient doucement. Tous deux étaient plongés dans l'obscurité.

Chapitre 43

Une main le secouait rudement et il finit par s'éveiller.
- Ça y est ! Tout est prêt !

Il fallut à André quelques instants pour se remémorer l'endroit où il était. Il avait sombré dans le sommeil comme un bateau sombre dans les profondeurs de l'océan. Cette main qui l'avait tiré de sa torpeur était comme le filet qu'on tire à bord avec son contenu.

Il alla rafraîchir son visage dans la salle de bains. En regardant dehors, il vit que la nuit était déjà tombée.

Il se fit alors expliquer le mécanisme de minuterie de la bombe. Puis, ils sortirent manger dans un restaurant du Petit Bayonne. Il ne but qu'un verre de vin, bien décidé à garder les idées claires. En sortant du restaurant, les rues étaient déjà désertes.

Son comparse lui demanda soudain :
- Tu sais ce que tu fais au moins ?
- Oui.
- Ne prends pas de risques inutiles. On peut se tirer chacun de son côté maintenant et tout ira bien.
- Tu n'as pas à t'en faire. Ceci ne concerne que moi.
- Je pense que tu ferais mieux de tout oublier et de penser à toi.
- J'ai d'abord un compte à régler.

Au bout d'un moment, il ajouta :
- J'ai encore besoin d'un dernier service. Il faut que tu m'emmènes en voiture et me déposes à la Barre.
- D'accord.

Ils arrivaient à l'appartement où André entreprit de régler la minuterie de la bombe. Comme il ne pouvait être sûr que son plan pourrait s'exécuter assez vite, il décida de régler l'explosion de la bombe avec un délai de cinq heures.

Puis il la plaça précautionneusement dans un sac à dos.
Après un quart d'heure de route, ils arrivèrent au port de plaisance.
- Arrête la voiture ici !

André prit une paire de jumelles et la braqua vers la jetée principale du port. Malgré l'obscurité ambiante, il lui était possible de deviner le degré de mouvement et d'agitation dans le port.

Au bout d'une heure d'observation environ, André se tourna vers son compagnon.
- Je vais y aller maintenant.
- Bonne chance.
- Merci.

Il sortit et s'enfonça dans la nuit.

Chapitre 44

Les deux hommes, qui portaient des cagoules, s'assirent sur les bancs latéraux à l'arrière de la camionnette. Michel tenait le volant.

Mike était tombé sur le plancher et restait allongé entre ses deux agresseurs. Il faisait sombre à l'arrière de la camionnette car les parois étaient en métal, seul un petit rectangle sur la porte arrière laissait passer une clarté diffuse.

Michel se mit à rouler lentement le long de la mer en direction du sud. Il attendait les instructions. L'homme qui paraissait commander s'adressa soudain à Mike :
- Ecoute-moi bien ! Je ne vais pas y aller par quatre chemins. Tu vas nous dire où tu caches la drogue.

Mike n'essaya même pas de nier. Il se rendait compte que beaucoup de gens savaient qu'il en avait. Aussi, décida-t-il de coopérer :
- Si c'est de la drogue que vous voulez, on va sûrement pouvoir s'entendre.
- Je suis content de te voir compréhensif. Mais ce n'est pas de la drogue que nous voulons, c'est toute la drogue que tu as. Tu te l'es accaparée mais elle n'est pas à toi.
- Je ne l'ai pas volée. Je l'ai trouvée.
- On connaît tout ça. Il n'empêche qu'elle nous appartient. Alors, tu nous dis où elle est. Et tu pourras repartir sans problème.

L'un des deux hommes lui envoya un coup de pied dans les côtes. Mike grimaça de douleur. Il essayait de trouver un moyen de se garder une partie du butin.

Cependant, un des deux hommes avait sorti un couteau de sa poche.

- Si tu ne parles pas, on va être obligé de passer à l'action. On ne va pas te faire souffrir. Mais tu vas subir des dommages qui vont changer ta vie.

La vue du couteau avait glacé Mike. Soudain, sur un geste du chef, l'homme se saisit de la jambe de Mike, plaqua sur le plancher du véhicule le pied qu'il écrasa de sa chaussure pour le maintenir en place et, d'un geste sec, sectionna le petit orteil gauche.

La chose se fit si abruptement que Mike fut plus terrorisé par la soudaineté de l'action que par l'amputation de son orteil. Il ressentit bien une douleur mais ce n'est que lorsque l'homme brandit sous son nez le bout de chair sanglante qu'il comprit et manqua de s'évanouir.

- Ecoute-moi bien. Si tu ne parles pas, mon camarade va continuer à te couper les orteils un par un jusqu'au dernier. Ce n'est pas une torture qui fait beaucoup souffrir, je l'avoue, mais songe aux effets que cela va provoquer sur ta vie. Tu vas perdre ton grip !

Mike paniqua. Il avait compris ce que faisaient ces hommes. Sans orteils, il était condamné à ne plus pouvoir surfer, il en serait réduit à rester sur la plage à regarder les autres s'éclater sur les vagues ! Il perdrait sa raison de vivre !

L'homme avait saisi sa jambe à nouveau et la plaquait déjà sur le plancher.

- Ok ! Ok ! les gars, c'est bon, arrêtez !
- Alors dis-nous où aller tout de suite.
- Aux Cinq Cantons ! A Anglet !

Marco frappa sur la cloison derrière laquelle se trouvait Michel. Il cria :

- Aux Cinq Cantons !

Le véhicule fit demi-tour et se dirigea vers Aguilera pour emprunter ensuite le boulevard du Bab.

Mike commençait maintenant à souffrir. Il ressentait vivement la douleur. Il indiqua l'adresse que Michel trouva sans problème.

- Où est la drogue ?
- Elle est dans mon bus VW, garé dans le jardin.
- Où dans le bus ?
- Dans une planque sous le plancher, près du lavabo.
- Il y a quelqu'un chez toi ?
- A cette heure-ci, il n'y a personne. Ils sont tous sortis.

Marco descendit et laissa à l'autre la garde de Mike. Par prudence, il arma son flingue qu'il remit dans sa poche, fit le tour de la camionnette et vint vers Michel.
- Viens avec moi ! On va chercher la drogue.

Michel le suivit.

Ils virent le bus VW et en un rien de temps, ils trouvèrent la drogue sous le panneau indiqué. Des sacs de poudre blanche étaient alignés, les uns près des autres. Ils en comptèrent quatre, dont un était commencé.
- Quels inconscients ! Ils piochent dans un sac et n'ont même pas planqué les autres en sécurité !
- Tant mieux pour nous !

En un tour de main, ils chargèrent le tout dans la camionnette. Puis, ils aidèrent Mike à se lever et à sortir. Avant de partir, Marco le prévint :
- Ecoute ! Je te conseille de nous oublier ! Tu ferais bien aussi de ne pas trop raconter ce qui t'est arrivé ce soir !

Et ils disparurent dans la nuit.

Marco avait saisi son téléphone et appelait Konstantin.
- Allô ! C'est fait ! Nous avons récupéré la marchandise des surfeurs !
- Combien ?
- Entre 80 et 100 kilos.
- Excellent. Pas de problème ?
- Aucun.
- Foncez à la Barre pour l'entreposer avec le stock. La cargaison doit partir avant l'aube.

- OK !

Marco savait où aller. Il avait déjà porté de la drogue sur le yacht de nuit. Ils y seraient dans 10 minutes environ. Et tout serait enfin fini.

- Au port de plaisance de la Barre ! cria-t-il à l'adresse de Michel toujours au volant.

Chapitre 45

Les gouttes de sueur perlaient sur le front de Max. Il avait vu le propriétaire du chien avancer lentement sur l'embarcadère, et se diriger inéluctablement, comme le chien avant lui, vers le bout de la jetée où se trouvait son yacht.

Il se demandait que faire si cet individu venait à monter sur le bateau. Il avait jeté la barre de fer par-dessus bord et il se trouva soudain démuni devant le danger.

C'est alors qu'il se souvint du pistolet qu'il gardait dans son blouson. Il se hâta vers les entrailles du bateau en prenant garde de ne faire aucun bruit et, à tâtons, se saisit de l'arme. Le contact de l'acier sur ses mains moites le fit se ressaisir.

« Qu'il vienne donc maintenant ! Il verra de quel bois je me chauffe ! »

Et il remonta lentement les marches jusqu'au pont. Mais en même temps, il se rappelait les ordres de Konstantin : empêcher quiconque de monter à bord, et n'attirer l'attention de personne.

Aussi, utiliser un pistolet n'était certainement pas une bonne idée. Précautionneusement, il avança la tête et jeta un coup d'œil vers la jetée. Apparemment, le danger était écarté car l'homme qui avait dû avancer jusqu'au bout de l'embarcadère s'éloignait maintenant à pas lents, en jetant des regards à droite et à gauche de la jetée, appelant de temps en temps son chien.

Lorsque la jetée fut de nouveau déserte, Max se saisit d'une bouteille de whisky et se mit à boire au goulot. Le liquide lui fit du bien et il se sentit, un moment, euphorique. Il continua à boire, tout en sachant qu'il devait rester éveillé et vigilant.

De plus, il savait que, ce soir, il allait réceptionner encore une partie de la drogue des surfeurs et du groupe 4. Aussi, devait-il être prêt pour cela. Mais il ne pouvait s'empêcher de boire.

Il était furieux d'être de corvée alors que les autres s'amusaient aux fêtes de Bayonne. Lui ne pourrait plus y aller car c'était aujourd'hui dimanche, le dernier soir. Cela le rendait encore plus déprimé. Et il se remit à boire pour oublier son triste sort.

Il savait que Marco dirigeait l'expédition contre les surfeurs et qu'il viendrait lui-même au yacht.

Par contre, il avait du mal à se rappeler qui était dans le groupe 4. Il avait rencontré tous les hommes plusieurs mois avant, mais si brièvement qu'il était incapable de se souvenir des noms. Cependant, il se rappellerait les visages au bon moment car il avait une bonne mémoire visuelle.

André s'était assis sur un banc au bord de l'eau. Caché dans l'ombre, il avait observé le port de plaisance et le yacht sur lequel Max était en train de se saouler.

Il avait assisté à l'arrivée de Thierry qui venait porter le contenu de son sac à dos. Thierry n'était pas resté longtemps sur le bateau. Max avait simplement pris le sac des mains de Thierry qui s'était retiré tout aussitôt. Il était resté moins de 5 minutes sur le bateau.

André avait alors détaché une simple barque de son anneau et, à l'aide d'une rame, il avait manœuvré pour s'approcher du yacht et l'aborder par le côté opposé à l'embarcadère. Sa barque ne faisait aucun bruit et il la faisait glisser entre les bateaux d'une main experte.

Lorsqu'il eut réussi à attacher sa barque à la chaîne de l'ancre, il n'eut plus qu'à prendre son sac, se laisser glisser dans l'eau et plonger sous la coque du bateau. Il sortit alors la bombe du sac, la plaqua contre la coque où l'aimant la colla et remonta sans bruit.

Une fois la tête hors de l'eau, il écouta mais ne perçut aucun bruit suspect. Il se hissa alors dans sa barque et repartit comme il était venu, en louvoyant en silence jusqu'à la terre ferme.

C'est à ce moment-là qu'une camionnette arriva à toute vitesse et s'arrêta dans un bruit strident de freins. Deux hommes en descendirent alors que la camionnette repartait. Les deux hommes, chargés de sacs, se dirigèrent droit vers le yacht.

André pouvait tout observer d'où il se trouvait. Un homme descendit du bateau, détacha les amarres et s'éloigna du bateau. Max avait fini son travail de surveillance. Il sifflotait car il pouvait, enfin, filer aux fêtes de Bayonne dont il pourrait profiter encore quelques heures.

Pendant ce temps, Marco et Michel avaient pris la direction du yacht et s'affairaient à le faire sortir du port. L'ordre était venu de Konstantin de quitter le port le plus vite possible. Le transfert était prévu au large tôt dans la matinée.

Chapitre 46

Le départ de l'hôtel s'était fait dans une précipitation extrême. Yako était excessivement nerveux et houspillait tout son entourage à moitié endormi pour accélérer les préparatifs.

Après un lever très matinal, la famille avait pris le petit déjeuner dans un restaurant désert. Le directeur de l'hôtel, alerté, était apparu en personne dans le grand hall au moment du départ. Sa mine déconfite indiquait l'inquiétude de n'avoir pas satisfait sa clientèle :
- Cher Monsieur Kouznetsov, j'aimerais savoir comment s'est passé votre séjour chez nous. Votre départ précipité n'est pas, je l'espère, causé par une défaillance de nos services.
- Monsieur le Directeur, n'ayez crainte. Si je pars plus tôt que prévu, c'est pour des motifs uniquement personnels. La qualité de votre hôtel n'est nullement en cause.

Le Directeur parut extrêmement soulagé. Yako ajouta :
- En fait, cela nous coûte beaucoup de devoir partir déjà.

Alors qu'il franchissait la porte, Yako se retourna et lança, en serrant la main du directeur :
- Soyez sans crainte. Nous reviendrons !

Le jet privé décolla face à l'est et entreprit un vaste mouvement circulaire qui le ramena en bordure de l'océan qu'il longea en mettant le cap au nord.

Yako avait donné ses instructions pour atterrir à Londres. Il avait un important rendez-vous d'affaires qu'il ne pouvait manquer.

Alors qu'il s'apprêtait à boire une flute de champagne, son fils agrippa son bras et lui montra le hublot en criant :

- Papa ! Regarde ! C'est joli !

Yako se pencha au-dessus de l'épaule de son fils et jeta un œil distrait par le hublot. L'avion passait juste au-dessus de l'embouchure de l'Adour. Dans les premières clartés de l'aube, Yako reconnut le bâtiment de la patinoire sur la rive gauche de l'Adour et, sur l'autre rive, la longue digue qui s'avance dans la mer.

Alors qu'il se redressait, son fils insista :
- Regarde ici ! Tu n'as pas vu le feu !

Il se pencha à nouveau pour faire plaisir à son fils. Soudain, son attention fut attirée par une lueur étincelante qui s'étalait au beau milieu de l'embouchure : une embarcation à demi détruite était en feu et projetait sur l'eau tout autour d'elle une puissante réverbération. Dans l'eau, il pouvait même apercevoir une multitude de débris épars, comme si, oui, c'est bien ce qu'il pensa, comme si le bateau avait en fait explosé, dispersant dans l'espace environnant sa cargaison.

Il se retourna vers l'intérieur de la carlingue pour trinquer avec sa femme qui l'appelait, la flute de champagne à la main. Elle lui rappela sa promesse de partir au sud, au Portugal. Il fit oui de la tête sans avoir enregistré de quoi elle parlait.

En même temps, ses yeux dérivèrent à nouveau vers le hublot qui ne montrait plus que la masse de l'océan à perte de vue.

Il s'assit sur son siège, comme pris d'un léger malaise. Cette embarcation en feu, là, sous lui, à cette heure-ci, à cet endroit, tout cela le mettait mal à l'aise.

A cet instant, il ne sait pourquoi, l'image de Konstantin vint occuper ses pensées. L'impression laissée par l'irruption de cet homme dans son esprit lui donna un mauvais pressentiment.

Il desserra sa cravate et déboutonna le col de sa chemise.

Machinalement, il serra les dents. Un profond sillon plissait maintenant son front.